본격 버라이어티 편의점 만화

와라! 편의점

Welcome to Convenience Store

Welcome to
Convenience
Store

와라! 편의점 ⑤

초판 1쇄	2010 / 12 / 25		
3쇄	2012 / 2 / 20		
지은이	지강민		
발행인	강우식	에디터	김종훈
마케팅	박창석 · 박관호	경영지원	이창대
디자인	김숙연	인쇄	대일문화사
펴낸곳	㈜코리아하우스콘텐츠		
주소	경기도 파주시 교하읍 문발리 535-7 세종출판벤처타운 B05호		
구입문의	031-955-1057~8		
내용문의	031-955-1057~8 Fax 031-955-1059		
홈페이지	http://blog.naver.com/koha2008		
등록번호	제406-2010-000058호		
저작권	ⓒ지강민 · ㈜코리아하우스콘텐츠 · 2010		
ISBN	978-89-93769-44-9 17810 978-89-961931-1-1 (세트)		

이 책은 ㈜코리아하우스콘텐츠가 저작권자와의 계약에 따라 발행한 것이므로 책의 내용을 이용하려면 반드시 저작권자와 본사의 서면 허락을 받아야 합니다.

*잘못된 책은 구입처에서 바꾸어 드립니다.

본격 버라이어티 편의점 만화

와라! 편의점

Welcome to Convenience Store

5

글 · 그림 | 지강민

코리아하우스
Koreahouse

작가의 말

벌써 다섯 번째 책이 나왔군요.

책장에 하나둘 추가되는 제 단행본을 볼 때면 늘 감회가 새롭고 저도 모르게 미소가 지어집니다. 이런 게 바로 만화가의 행복이 아 닐까 싶네요. 부디 이런 행복이 오래되었으면 하는 바람입니다.^^

사실 이번 5권 분량을 연재하는 반 년 간 여러 일들이 겹쳐 정신 적으로, 그리고 육체적으로도 많이 지쳐있는 상태였습니다. 〈와라! 편의점〉을 연재하기 시작한 2008년 이후로 약 3년의 연재기간 동 안 제대로 쉬어본 적이 거의 없었으니까요. 그래서 과감히 한 달의 휴가를 얻어 재충전의 시간을 가졌습니다.

한 달의 휴가 동안 어딘가로 여행을 가기보다는 말 그대로 재충 전의 시간을 보냈습니다. 마감 걱정 없이 늦잠도 자고, 하루 종일 멍하니 집에서 뒹굴어 보기도 하고, 바빠서 못 만나던 사람들도 만 나고, 여자 친구와의 데이트 등 하루하루를 여유롭게 보냈습니다. 그러다가 문득 〈와라! 편의점〉의 미래에 대해서 생각해보았습니다.

앞으로의 〈와라! 편의점〉은 어떤 모습일까?

이 간단한 질문에 저는 오랜 시간 동안 고민을 했습니다. 비록 시작은 편의점 일상 공감툰이었지만 이게 전부가 아닌, 무언가 좀 더 발전된 모습이었으면 좋겠다는 생각이 들었거든요. 그래서 오랜 고민 끝에 한 가지 결론에 도달했고 그에 맞춰서 앞으로 조금씩 변화를 시도해볼까 합니다.

최종적으로 그게 어떤 모습이 될지 지금 당장 여기서 말씀드릴 수는 없지만 여러분도 앞으로 〈와라! 편의점〉을 보시면서 서서히 알아챌 수 있으시리라 믿습니다. 그렇게 되도록 제가 노력하고 또 노력할 테니까요. 과연 〈와라! 편의점〉을 제가 원하던 모습으로 잘 이끌어 나갈 수 있을지 관심을 가지고 잘 지켜봐주세요.

감사합니다.

2010. 12
지강민

CONTENTS

PART. 1

와라! 편의점!

PART. 2
골라! 살물건!

CONTENTS

PART. 3
오라! 카운터!

PART. 4
내라! 물건값!

본격 버라이어티 편의점 만화 **와라! 편의점**

PART.1

와라! 편의점!

WARA CONVENIENCE STORE

와라수첩

여러분~ 안녕하십니까.
'와라수첩'의
김혜연PD입니다.

오늘은 200화를
맞이하는 〈와라! 편의점〉에
관한 여러 가지 궁금증들을
취재해봤습니다.

임은아PD,
〈와라! 편의점〉 독자분들은
어떤 궁금증을
갖고 있던가요?

14

네, 우선 최근에
발생했던 실화논란부터
이야기를 해볼까
합니다.

실화논란이요?

네,
〈와라! 편의점〉은
편의점에서 일어나는 다양한
에피소드들로 연재를
해나가고 있습니다.

그러면서 많은
알바생들의 공감을
얻고 있는데요.

한편, 몇몇 에피소드들은 실제로
일어날 수 없는 이야기라며 일부
독자들이 의문을 제기하였습니다.

15

그래서 우리는 이 문제에
대해 작가인 지강민 씨의 답변을
들어보았습니다.

    와라! 편의점!

16

200화 특집

지강민 네이버 웹툰작가

와라수첩

다만 ○○원에서 말하고자 하는 주제는 실화입니다.
그걸 우유나 삼각김밥을 통해 이야기하는 거죠.

즉, 실화를
바탕으로 제작된다는
것이 맞군요.

네, 거의
대부분 실제로 있었던 일을
재미있게 각색하였다고
합니다.

17

다만, 자기의 이야기가
웹툰으로 만들어지길 바라고
없었던 일을 꾸며내서 보내는 일부
독자들로 인해 보내준 경험담이
실화인지 아닌지 선별해내는 것이
애로사항이라고 합니다.

아,
그런 애로사항이
있겠군요.

그리고 또 독자들은 〈와라! 편의점〉이 어떻게 만들어지는지 궁금해 하던데요.

그래서 지모씨의 작업실을 찾아가 보았습니다.

18

그곳에서 우리는 웹툰 〈와라! 편의점〉이 만들어지는 작업과정을 지켜볼 수 있었습니다.

우선 메일이나 쪽지, 블로그, 팬카페 등으로 독자들이 보내준 경험담을 정리합니다. 이때 지강민 씨는 감사의 답장도 잊지 않았습니다.

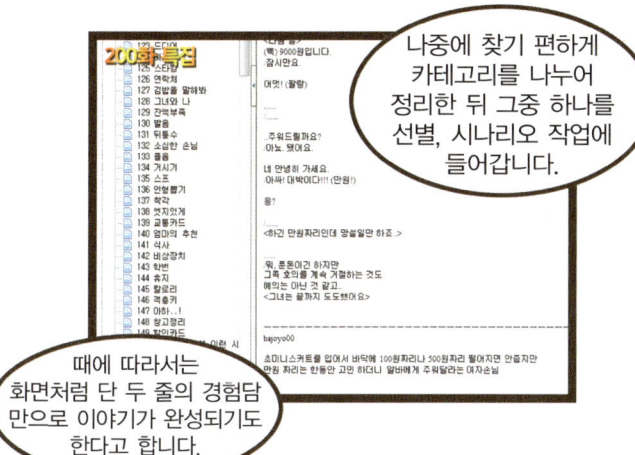

나중에 찾기 편하게 카테고리를 나누어 정리한 뒤 그중 하나를 선별, 시나리오 작업에 들어갑니다.

때에 따라서는 화면처럼 단 두 줄의 경험담 만으로 이야기가 완성되기도 한다고 합니다.

19

만약 새로운 손님이 등장한다면 캐스팅이라는 단계가 추가됩니다. 캐스팅 작업은 연예인들의 의상을 주로 참고해 작업을 하였습니다.

    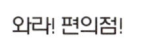

그 다음은
콘티 작업입니다.

콘티 작업부터는
망가스튜디오를 이용해
작업을 하는데 생각보다 많이
허접하게 진행되어 취재진들을
당황하게 만들었습니다.

콘티 작업이
끝나면 바로 데생
작업에 들어갑니다.

이어서
펜터치 작업에
들어갑니다.

20

펜터치까지 끝난 원고는 망가스튜디오 에서 포토샵으로 이동합니다.

포토샵에서 펜선의 라인과 색을 정리하고 배경작업에 들어갑니다.

21

배경작업은 스케치업을 이용합니다. 사전에 제작해둔 데이터를 불러내어 필요한 앵글로 변경 뒤 포토샵으로 복사합니다.

인물 펜선과 마찬가지로 배경 펜선도 라인과 색을 정리합니다.

컬러링 작업을 시작합니다.

배경도 컬러를 입혀줍니다.

22

치마가 짧아서
동전을 줍기가
불편하겠는걸..

제가 주워드릴게요.

아뇨.

컬러링을 마치고
컷들을 웹에 맞게 배치를
한 뒤 대사를 넣으면 한편의
원고가 완성됩니다.

제법 많은 과정을
거치는군요. 그럼,
전체 작업시간은 얼마나
걸리던가요?

23

순수 원고
작업시간은 평균
10시간 정도 걸린다고
합니다.

생각보다 많이
걸리지는 않는군요.

네, 날로 먹는 걸
제대로 인증한 것
같습니다.

    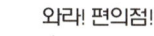

와라! 편의점!

끝으로 앞으로의 〈와라! 편의점〉은 어떻게 진행될까요?

그에 대한 답변을 지모씨에게 들어봤습니다.

200화 특집

지강민 네이버 웹툰작가

와라수첩

우선 웹툰은 지금까지 단순 공감 개그만화였지만

200화 특집

지강민 네이버 웹툰작가

와라수첩

앞으로는 좀 더 캐릭터성을 강조하면서 다채로운 이야기들을 해볼까 합니다.

그리고 애니메이션은 시즌1을 무사히 마치고
현재 시즌2를 열심히 준비 중이며

시즌1에서는 이미 공개한 이야기의
리메이크였다면 시즌2에서는 100%
새로운 이야기들로만 채워질 예정이니
웹툰과 애니 둘 다 많은 관심 부탁드립니다

25

네, 그렇군요.
과연 얼마나 달라질지
지켜봐야겠습니다.

날로 먹지만
않아도 다행이죠.

 와라! 편의점!

이상으로 200회 특집
'와라수첩'을 마치겠습니다.
감사합니다.

200화 특집

26

더욱 열심히 하는 <와라! 편의점>이
되겠습니다.

qorr****	〈와라! 편의점〉 짱 조아영~~! 사랑해용~~!!! 지강민 짱!!!
yepu****	많은 과정을 거치는구나! ㅎㅎ 몰랐네…
chan****	작가님! 언제나 재미있는 만화를 만들어 주셔서 감사합니다.
tmvh****	왜!!! 왜!!!!! 민준을 버리셨나요!!!!!!!!!!!!!!!!!!
mh02****	와라수첩! 절대 뒤지지 않는 만화이군요. ㅋㅋㅋ
codu****	〈와라! 편의점〉 200회 축하드립니다~^^ㅋ
sara****	민준이 핫팅! 진짜 쩐다… 이런 걸 어떻게 다 만들지?
govl****	ㅋㅋ~~~ 〈와라! 편의점〉 완전 재미있당!! 대박대박대박 ㅋㅋㅋ
fint****	넘넘~ 신기하네요. 열심히 해주세요~!
zbfl****	알바하기 전엔 공감이었는데… 알바하고 나니 공감 백배다;;
anta****	제작과정 흥미롭네요… 고생 많이 하시네요… 날로 먹는거 아닙니당!
dhdp****	강민오빠 짱!! 11살 소녀 올림

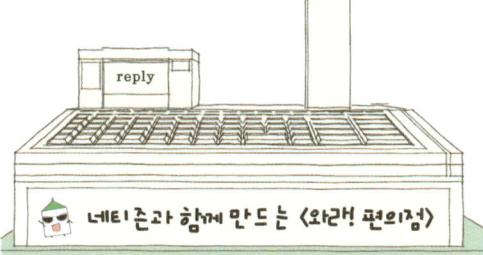

친절

삼각김밥이랑 우유 주세요.

cs24

1700원이다.

삼각김밥 데워줄까?

감사합니다.

이 동네 사는 애는 아닌 것 같은데, 집이 어디니?

서현동이요.

와라!편의점

서현동? 서현동이면 여기서 한 시간도 더 걸릴 텐데… 왜 혼자 여기까지 왔어?

치과때문에요.

치과? 그 동네에는 치과가 없어? 그럴 리가 없는데….

엄마가 여기로 가래요. 아는 사람이 한다고….

엄마는 뭐하시는데? 그리고 아빠는?

엄만 가게하시고 아빤 회사 디녀요.

29

맞벌이집이구나.
어린 나이에 네가
고생이 많다.

삼각김밥 하나
더 먹을래?
공짜로 줄게.

정말요?

감사합니다. 그럼
안녕히 계세요.

잠깐만〜!

오늘 네가 사먹은 돈은 돌려줄게. 그리고 엄마한테 가서 여긴 너무 멀다고 가까운 치과 다니고 싶다고 말하렴. 알았지?

네? 네…

31

그럼, 안녕히 계세요.

그래, 잘 가라~.

그렇게 점장의 친절한 서비스를 받은 아이는,

처음 보는데
왜 이렇게
잘해주지?

혹시
유괴범!?

뭐야,
저 아저씨~
무서워…!!

32

다신 이 편의점에 오지 않기로 했어요.

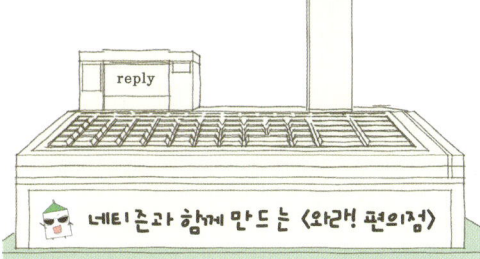

jund****	귀여운 아이를 쳐다봐도 눈치 봐야 하는 더러운 세상. 쯔쯔쯔
mh02****	친절하게 굴면 유괴범으로 오해 받는 듯… ㅋㅋㅋ
gksq****	그렇다고 저 애 잘못은 아니죠~ 영리하네?
feel****	ㅋㅋㅋ 맞아! 저런거~ 좀 무서움. ㅋㅋㅋ
poet****	같은 편의점 알바로서 동감.
cwbi****	편의점 들어가서 직원이 너무 잘 해줘도 문제, 못 해줘도 문제….
wndu****	ㅇㅋㅇㅋ!! 나 100%공감!! 워낙 잘 해줘서 좀 많이 불안했음….ㅠ.ㅠ
rude****	공짜로 받은 거 나에게 주겠나? 배고프다. +_+
dbsa****	ㅋㅋㅋㅋㅋㅋ 아악! 완전 웃기다. ㅋㅋㅋㅋㅋㅋㅋㅋ
hh99****	진짜로 엄청난 친절은 조금 무서워요….
tldr****	ㅎㅎ 오해도 받고 삼각김밥도 날리고…. ㅎㅎ
plee****	대박이네요~ 이런 오해여. ㅋ.ㅋ
kora****	ㅋㅋㅋㅋㅋㅋ 유괴범이래 ㅋㅋㅋㅋ 아저씨 억울할 듯?

reply

33

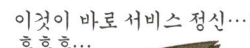
네티즌과 함께 만드는 〈와라! 편의점〉

이것이 바로 서비스 정신…!
후후후….

지나친 친절은 오해를
받을 수 있대요.

    와라! 편의점!

시험공부

낮엔 학교에서 수업하랴, 밤엔 편의점에서 알바하랴, 시험기간엔 많이 힘들겠구나.

그래도 이번엔 점장님이 이틀이나 빼주셨어요. 그래서 문제없음!

내일 보는 시험이 국사시험이야?

네.

35

나 학생 때는 국사 정말 좋아했는데. 국사선생님이 재미있게 잘 가르쳐주셨거든.

정말요? 부럽다아… 전 외우는 거 완전 싫어요….

     와라! 편의점!

아, 오빠!
이렇게 된 김에 교대하기
전에 저한테 딱 10문제만
물어봐주실래요?

그래. 뭐, 까짓거.
어디보자…

첫 번째 문제…
사진 속 인물의
업적은?

안중근…!
안중근 의사
맞죠?

그렇지, 그럼
안중근 의사의
업적은?

36

와라!편의점

독립투사들이 다치면
곁에서 열심히 치료를….

흥부외과
의사였대요.

내일 국사시험이 걱정되네요.

37

아, 그리고
도시락 폭탄도…!!   …….

이 나라의 미래도 걱정되네요.

    와라! 편의점!

예의

자아~ 가게에
들어오면~

안녕하세요오….

그렇지~!
그렇게 인사를
해야 돼요.

우리 수연이는 뭘
먹고 싶어요? 이 할아버지가
먹고 싶은 거 전부 다
사줄게요~!

와아, 정말?

어허~
어른에게는 존댓말을
써야한다고 했죠?

반말을 쓰면
예의가 없는 나쁜
어린이예요.

아, 존댓말!
그럼, 나 이거요!
수연이 이거
먹을래요!!

그래요.
이 할아버지가
사줄게요.

39

할아버지,
그 과자 계산해
드릴까요?

40

그래, 알바야,
이 과자 얼마냐?

네?

3000원
입니다.

뭐!?

무슨 놈의 과자가
그리 비싸? 너, 이 자식~
내가 늙은이라고
사기치는 거 아냐?

정가가 3000원
인데요. 거기 가격
적혀 있잖아요;

41

자, 돌아갈 때는 '안녕히 계세요.' 하고 인사를 해야 예의가 바른 어린이라고 했죠?

안녕히 계세요오….

…….

정작 자신의 예의는 중요하지 않나봐요.

42

ttmt****	아이고… 그냥 만화인데 말을 참 예쁘게 하시네요. ㅋㅋ
leah****	저 할아버지는 손자보다 자신이 먼저 예절교육 받아야 할 듯~ [할아버지들 죄송]
tuns****	헐~~~ 할아버지 짱인 듯~
pha0****	꼬맹아… 살고 싶으면… 튀어라!!!
1011****	꼬마가 그 과자를 좋아하는 이유가요… 가장 비싸서 그런 거임.
tory****	헐…… 할아버지 완전 대박이다… ㅋㅋㅋ 알바야… ㄴㅋㅋ
wodu****	음~~ㅋㅋ 정말 저런 할배가 있으려나… 막장의 시작이구만.
audg****	ㅋ 아이는 죄 없구만 ㅋㅋㅋ 뭔 할배가 저래~
blac****	아~ 진짜 돈 던지고 가는 손님 손 잘라(?)버리고 싶다 ㅋㅋㅋ
yjhs****	수연이 목숨이 風前燈火같구나….
uj05****	저 아이, 처녀귀신 같애. ㅋㄷㅋㄷ
8852****	ㅎㅎ 혜연님 참으셔요~ 어쩌겠어요…. ㅋㅋ

reply

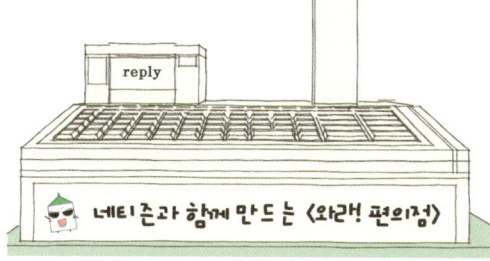
네티즌과 함께 만드는 〈와라! 편의점〉

43

알바야!! 안녕하세요오…!

뭐?

예의를 참 잘(?) 배워왔네요.

떡밥

44

45

난 잠깐 화장실에 다녀올게.

네, 언니 다녀오세요.

딸랑딸랑

어서오세요.

46

담배 한 갑만 주세요.

2500원입니다.

47

美

본의 아니게 던진 떡밥을 물었네요.

어서 담배 주세요.　　　　……

아직도 사태파악을 못한 듯….

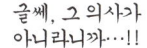

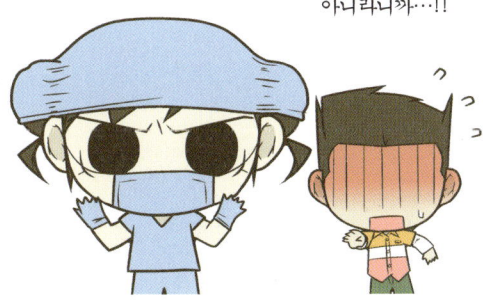

49

원 플러스 원

50

가서 서울병장님 좀 찾아서 모시고 와라.

냉장고 안을 샅샅이 다 찾아봤지만 못 찾았습니다!!

됐다! 할 수 없이 내가 나서야겠군.

넵!

네, 알겠습니다!

흠….

Scanner Sweep (Detector)
75

!?

아, 행보관님! 이것 좀
놓고 얘기하지 말입니다?
애들도 보고 있는데…!

시끄럽고 어서
애들이랑 같이
서 봐!

    와라!편의점

오늘부터 우리 우유 코너에서 1+1 행사가 시작된다.

즉, 우유 하나를 사면 같은 우유 하나를 공짜로 더 주는 행사인 거다!

시간이 없으니 어서 같은 종류끼리 붙은 뒤 테이프를 붙인다! 실시!!

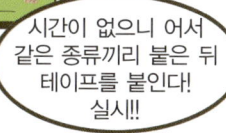

실시!!

응?

53

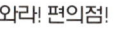

dnjs****	아~ 바나나맛 우유가 스킬쓰네! 사람인 나도 못 쓰는 스킬인데….
wbdj****	왜 서울병장님은 폐기가 되지 않는 걸까요?
rnsa****	나!!! 우유 대빵 좋아하눈뎁 ♡
gmld****	'삼각김밥+서울병장' 이렇게 '1+1' 하면 좋아하겠네~ ㅋㅋ
rju0****	또 스타 스웹이 등장했네~ 작가님!!! 스타를 좋아하시나봐요….
tlsg****	삼각김밥♡서울병장 이 정도는 돼야지. ㅎㅎ
xodu****	아이 귀여워랑~ ♥ ^^
ttmt****	서울병장, 무슨 맛일까? 왠지 먹으면 화장실로 갈 듯…. ㅋㅋ
ahn9****	삼각김밥은 왜 오래된 우유를 좋아하지? ㅋㅋㅋ
qhru****	근데, 저 서울우유는 유통기한이 없나?? 왜 계속 나옴?? ㅋㅋㅋ
lsc1****	와~ 이거 볼수록 중독임. 밤새서 봐여지. ㅋㅋ
dkst****	던파의 추격섬멸전인가? 말년병장 숨으면 행보관 등장 두둥~~~
coun****	서울병장~~ 은근 매력있다~~ ㅋㅋㅋㅋㅋㅋㅋㅋㅋㅋㅋㅋㅋㅋㅋ

reply

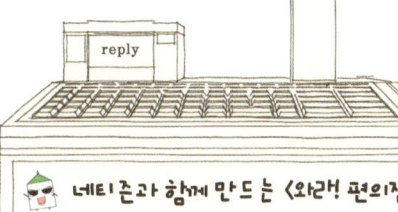

네티즌과 함께 만드는 〈와라! 편의점〉

다행이야. 오늘도 팔리지 않으셨어…!!

그녀는 안심했어요.

    와라! 편의점!

취업

얼마나 머리가 나쁘면 취업도 못하고 이런 데서 알바나 하고 있을까.

네?

머리가 나쁘면 노력이라도 해야지. 하여간 요즘 애들은 노력은 하나도 안하고,

57

그저 일자리가 없다느니 청년실업이라느니 뭐니 남 탓만 하기 바쁘지.

언제까지 이딴 알바나 하고 있을 거야? 평생 알바만 할 거야?

    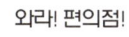

지금까지 힘겹게
대학등록금 내주신
부모님 생각해서라도,

졸업했으면 제대로
된 직장에 들어가서
일 할 생각을 해야지.

지금이라도
정신 차리고 제대로 된
직장부터 알아봐!!

저기 손님….

저 올해 대학교 들어갔는데요.
취업보단 졸업이 먼저…

잘 알지도 못하면서
남 무시하는 사람 꼭 있다.

졸업했으면
취업을 해야지.
쯧쯧…

저 고딩인데요….

   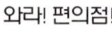

60

아, 심심해.

오랜만에 신문이나 볼까?

집값 대폭락!?

드디어 거품이 꺼지는 건가!?

18억짜리 아파트가 15억으로 대폭락…

······.

밀가루값 상승으로 올랐던 라면값, 밀가루값 하락으로 다시 내리기로!?

정말? 한 번 오르면 절대 안 내리더니 웬일이지!?

61

100원 인상 후 이번에 20원 내리기로…

…….

게다가 아이스크림값 인상, 과자값 인상, 기름값 인상….

아, 짜증나! 뭐 이리 다 올라!! 진짜 내 시급 빼고 전부 다 오르잖아!!

지금 뭐하는 건가, 혜연양!

!!

    와라!편의점

63

   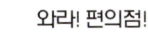

신문은 다 펼쳐서 보면
티가 난다고….

이렇게
살살 펴서
봐야지….

그래도 판매할 상품인데
그러면 안 되죠;

신문 하나 주쇼.

안 팔아!
내가 볼 거야….

애초에 팔 생각이 없었는 듯….

응?

…넌 또 혼자냐?

……

1+1인데 한 개만 남으면 곤란하대요.

65

다행이야.
오늘도 팔리지
않으셨어…!!

그녀는 안심했어요.

같은 솔로끼리
힘내보지 말입니다.

아니, 내가 왜 이 짓을… ;;

헬멧

67

68

69

제가 연예인인데 사람들 눈에 띄면 곤란해서….

그게 더 눈에 띄거든요!?

위장하고 오는 연예인 손님 진짜 있다.

외롭습니다♪
정말로 외롭습니다♪

……

왠지 아는 사람 같네요.

이 신문은 제가 봤으니 제가 계산을….

내가 전에도 말했지 않은가.

신문은 다 펼쳐서 보면 티가 난다고….

이렇게 살살 펴서 봐야지….

그래도 판매 할 상품인데 그러면 안되죠;

71

신문 하나 주쇼.

안 팔아! 내가 볼 거야….

애초에 팔 생각이 없었는 듯….

!!

미소녀시대, 일본진출로 당분간 국내 활동 접어…

이거 계산해주세요.

네~

다해서 4300원입니다.

어? 지금 현금이 4천 원밖에 없네;

그럼 계산에서 과자 하나 뺄까요?

아뇨. 그러지 말고…

그 과자… 포장이 2개로 나누어져 있잖아요? 반만 사가면 안 될까요?

나머지 반은 뜯지 않았으니까 나중에 따로 팔면 되잖아요.

저기 그게… 제 권한이 아니라서…;;

에이~ 그러지 말고 부탁 좀 할게요. 네?

 와라! 편의점!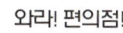

마침 입도 심심했는데 그냥 내가 남은 반을 사먹지 뭐.

그럼 반만 가져가시고 500원만 주세요.

고마워요, 학생!!

다음날…

어서오세요.

딸랑딸랑

FriendMart

담배 한 갑만 줘요.

2000원입니다.

삑

저기, 학생…

담배 한 개비만 100원에 팔면 안 될까요?

생수도 한 모금만 팔라고 할 기세네요.

 라이터도 불 한 번만….

 제시요….

은아는 이미 적응한 듯.

    와라! 편의점!

모바일쿠폰

물론이지~!
잠시만 기다려봐요.
귀여운 학생.

내가
가져다줄 테니.

감사합니다.

자, 여기.

감사합니다.
정말 친절
하시네요.

77

이 정도는
기본이지~

간혹 이런
모바일쿠폰 가져온다고
싫어 하는 주인들이
있는데,

그러면 안 되지.
쿠폰도 엄연히 돈을
주고 구매한 건데.

히힛~
기분 좋네. 앞으로
여기만 와야지.

어? 너 음료수
교환했네?

어, 오빠.
여기 엄청
친절해.

잘 됐다.
프렌드마트에 갔더니
어떻게 하는지 모른다며
거절당했는데…

나도 여기서
교환해야지!

여 동생은 되고 나는 왜 안 되나요.

79

안 귀엽잖아!   네?;;

터가 안 좋아

80

81

82

그나저나 이 가게는 터가 안 좋은가봐?

터가요?

83

아니, 내가 자주는 아니지만

가끔씩 이 가게에 들른 지가 벌써 1년이 다 되어 가는데,

올 때마다 주인이 계속 바뀌네.
지난달엔 젊은 아가씨가 주인이더니….

자네도
속은겨.

저도 이 가게 주인이었으면 좋겠네요.

84

며칠 후

그새 또 바뀌었어!?   ?

더 늦기 전에 업종을 바꾸래요.

    와라! 편의점

잘 됐다. 프렌드마트에 갔더니 어떻게 하는지 모른다며 거절당했는데…

나도 여기서 교환해야지!

⋯⋯.

여동생은 되고 나는 왜 안 되나요.

85

안 귀엽잖아!　　　네?::

어쩌라고!!

     와라! 편의점!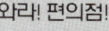

내가 쏜다

이 사람들이 진짜…!
속고만 살았나!!
진짜야!!

대신 비싼 건
고르면 안 돼~!

87

잘 먹을게,
은아야!

은아야,
사랑해!!

딸랑딸랑

FriendMart

은아야, 안녕~!

어, 민준 오빠!

오빠도 아이스크림 하나 골라서 드세요. 오늘은 제가 쏠게요!

정말? 잘 먹을게!

음~ 맛있다…! 너희들은 모르지?

나 어렸을 적엔 이 대지바가 100원이었다?

와라! 편의점

에이, 거짓말!
그럼 월드컵콘은
300원이었게요?

맞아, 차라리
해피투게더가
천 원이었다고
하지. ㅋㅋ

좀 전에 손님이
아이스크림을 사면서
1+1 행사 중인 걸 모르고
그냥 가서 그걸로 쏘는
건 아무도 모를 거야

이거야말로
공짜로 아이스크림도
먹고 생색도 내고…
일석이조♡ ㅋㅋ

89

…저기요.

    와라! 편의점!

방금 전에 아이스크림을 샀는데
1+1 행사 중인 걸 몰랐네요.

이래서 잔머리를 너무 굴리면 안 된대요.

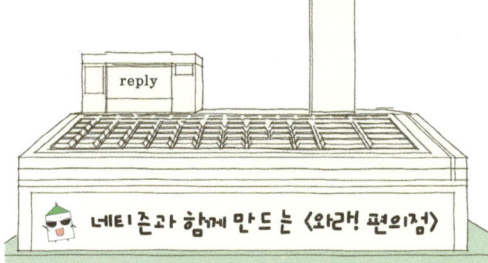

sea2****	저런 알바생 왠지 짜증나던데:: 손님 줄 것을 지가 먹어~
ddrs****	저는 구슬아이스크림! 그 중에서 초코맛이 좋음!! 최고~
7077****	ㅋㅋ 잔머리 넘 굴려도 나중에 댓가가 오죠… 저도 왔어요.
kass****	전 빠삐코여! 빠삐코를 투명한 컵에 우유 넣고 슬러쉬처럼~
badh****	투게더가 예전에는 천 원이었는데… 참 많이 올랐네… 쩝.
chji****	잔머리 굴리다가…… 아!!! 은아 불쌍해. ㅋㅋ
cntj****	은아야! 괜찮아~ 힘내 ㅋㅋ마지막 좀 찔게 대박인길. ㅋㅋ
wjdq****	헐… 순간 샤인쿨 냄새가 나다니… 이건 대체 무슨 일인가?
kgb1****	불쌍해… ㅋㅋ 전 하나도 안 빼먹습니다~! ㅋㅋ
ion5****	ㅋㅋㅋㅋ 역시 속임수 쓰면 안 되는 것~~~
kokk****	아, 완전~~~ 은아 누나!!! 쪼잖하게~
love****	우와… 나두나두 저거 먹고 싶다~우리 편의점엔 왜 없는 건뎅?
ocea****	은아패닉… ㅎㅋㅋ 누가 좀 도와주세요. ^^*

91

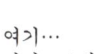 reply

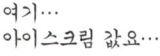 네티즌과 함께 만드는 〈와라! 편의점〉

 여기…
아이스크림 값요….

 …너 지금
우는 거니?;

    와라! 편의점!

작업 낙서 1

✷ 안중근 의사의 업적. = 도시락 폭탄 NoNo! 그건 윤봉길 의사!!
ㄴ 윤아의 경우: 독립투사들이 다치면 곁에서 열심히 치료를..
#흉부외과의사 ~ 하얀거탑?

✷ 어린이날 특집? 어버이날 특집? 스승의날 특집?   B컷사이즈
  ↓   ↓   ↓
점장의 막내아들   혜연이네 방문   윤아네 당일   카네이션
에피소드   에피소드   에피소드   ㅋㅋ
  ↓   카네이션 제목   ㄴ중에!
미소녀시대 사인회?   ㄴ 윤아로 변경!
  ㄴ 나중에!

" 손님, 지웅한테 신분증(X) ← 떡밥투척!
  학생증 좀 보여주시겠어요?" ㅇ 우유들 에피소드 : 1+1   원플러스원

▨ 신인편 ~ 1화   어?!   신캐릭터 바바~행보한~!
ㅇ 집값 대폭락 1.5배 샘샘내기   ㄴ 마법: 스캔 (스타의 테란)
ㅇ 만기류값, 라면값 인하   완전한 서울병장 찾을때 사용
ㅇ 아이스크림값, 과자값, 기름값 인상..
  # 앞트 혜연이 시름빼고 전부 인상   ✷ 아이언맨 2 !! 윤아 닮심.
                                      패러디하자!
나도 원고료인상 등..!   헐켓? 마스크? 가면?
            (금신금신)   옵바이   캡틴아메리카!!

ⓞ 미터 신곡 「외롭습니다」 대박!!
    외롭습니다~ 정말로 외롭습니다..
         미터야!! ㅠㅅㅠ   오라! 편의점 웹툰니메이션
                              시즌 2 START!! 20화 얼마
✷ 세븐일레븐에 가서   ㄴ 시즌2 오프닝도 대박!!
  온갖 과자류를 낱개로 판매!!   BUS 아.. 용량제한이..!!
    (제크, 초리파이 등등)   ㅠㅅㅠ
윤용 ◑ 담배 한갑 20개피 : 2500원   ↓
      ◑ 1개피에 100원!? ← 폭자낭   그라플로 못올려 ㅠㅠㅠㅠㅠㅠ
   옛날엔 진짜 이렇게도 팔았다고..

PART.2

골라! 살물건!

WARA CONVENIENCE STORE

진실

아, 배고파….

저도요, 언니….

아까 점심을 부실하게 먹어서 그런가….

저도 도시락을 일찍 까먹었더니….

삼각김밥 먹을래? 아니면 샌드위치?

으으… 듣기만 해도 벌써 질려요. 언니…

94

그럼, 우리 뭐 시켜먹을까?

그럴까요?

95

애! 언니,
우리 자주 시켜먹던
치킨집 쿠폰. 10장
다 모으지 않았어요?

어디 볼까~

 골라! 살물건!

딱 10장이네.
이걸로 치킨 공짜로
시키면 되겠다!

네, 언니.
그게 좋겠어요!

히힛, 오랜만에
먹는 치킨이라
너무 신나요!

여보세요~

네, 거기
노노치킨이죠?
여기는 프렌드마트…

아닌데요.
저희는 유락치킨인데요….

…….

구품 다 모았더니 가게가 망했네요.

97

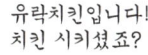

유락치킨입니다!
치킨 시키셨죠?

아니, 당신은
노노치킨의…!?

과연 진실은….

   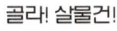

응원

여기요~! 테이블 위 좀 치워주세요!!

네; 갑니다!!

99

이렇게 바쁠 줄 알았으면 알바를 한 명 더 붙여주시지…

이걸 나 혼자 어떻게 감당하라고;;; 점장님 진짜 너무하시네…

    골라! 살물건!

생각보다 사람이 많구만; 내가 좀 늦었지?

앗, 점장님!!

점장님이 직접 도와주시려고 알바를 더 안 붙이신 거구나. 오해해서 죄송해요. 점장님….

응?

101

    골라! 살물건!

어디 있어요?

저기요~

네, 손님. 뭐 찾으시는 거 있으세요?

라면국물 버리는 통은 어디 있어요?

103

손님 바로 옆에 있네요.

아…;

    골라! 살물건!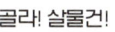

104

저기요~

네, 손님;

30분 카레는 어디 있어요?

저 기둥 뒤쪽에 가시면 있어요.

네? 기둥 뒤엔 라면코너잖아요.

기둥 뒤에 즉석요리코너 있어요.

라면코너밖에 없는데요.

그러니까 기둥과 라면코너 사이에 즉석요리코너가 있다고요.

라면코너밖에
안 보이는데 대체
뭐가 있다는 건지;

아, 진짜!!

기둥 뒤에 공간있다고요!!
기둥 뒤에 공간이…!!

이상하네….

105

3D로 보여줘야만 믿으실래요?

습관

네, 도킹도너츠에서
조금 알바를 했었어요.

그럼, 뭐~
편의점은 어렵지도
않았겠네.

107

그래도 습관이 무서운 게
가끔씩 도너츠가게에서 하던
멘트들이 저도 모르게 튀어
나오더라구요.

아무렴 어때.
거기나 여기나 다 비슷
비슷한걸. 괜찮아.

    골라! 살물건!

딸랑딸랑

아, 손님이 오는군. 난 그럼 슬슬 퇴근할게.

네, 점장님~ 들어가세요.

이 개 사료 얼마죠?

만 원입니다.

108

간만에 쓸 만한 아이를 구한 것 같군. 정말 다행이야.

잔돈 여기 있습니다.

그럼, 수고하세요.

감사합니다. 고객님.
맛있게 드세요!

네?

다행인지 아닌지는 좀 더
지켜봐야겠네요.

109

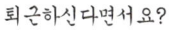 퇴근하신다면서요?

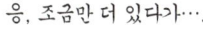 응, 조금만 더 있다가….

   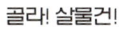

쪽지

응? 뭐라고 쓴 건지 잘 모르겠는데요;;

그래요?

뭐라고쓴건지잘

아…!! 그건 암호입니다. 알바님! 암호라구요!

암호요?

111

여기 프링걸스과자 있습니까? 있으면 좀 가져다 주십시오.

네, 잠시만요….

    골라! 살물건!

112

여기요.

그냥 말로 하면 될 걸 왜 이렇게 힘들게 심부름을 시켰을까;

쪽지를 이 과자통에 둘둘 감으면…

읽기 힘든 쪽지 가져오는 손님 꼭 있다.

113

신고

다해서 2000원입니다.

여기요.

비닐봉투에 담아주세요.

봉투값은 20원입니다.

에이… 다른 데는 다 공짜로 주던데… 여기는 돈 받아요?

네?

115

116

비닐봉투를 공짜로 주는 편의점을 신고하러 왔는데요.

여기 증거물로 몰카도 찍어왔음. ㅋㅋㅋㅋ

어? 소리가 녹음이 안 됐네? 고장났나;;

......

117

......

네가 말한 몰카과
편의점그녀.avi는 아니겠지?

난 억울해!!!!!!!!!!!!!!!!!!!!!!!!

여보세요~

네, 거기 노노 치킨이죠? 여기는 프렌드마트…

아닌데요.
저희는 유락치킨인데요….

……．

쿠폰 다 모았더니 가게가 망했네요.

유락치킨입니다! 치킨 시키셨죠?

아니, 당신은 노노치킨의…!?

119

과연 진실은….

치킨집인데 이 군만두는 왜…;;

서비스♥ 서비스♥

심부름

121

    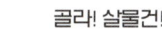

있잖아요. 시원한 맛 나는 거….

아, 멘솔인가요? 요거?

맞아요!! 멘솔!! 그게 시원하고 좋더라구요.

네, 그렇군요.

123

…….

   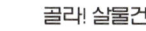

라이타도 하나 주세요.

네….

그녀는 결국 당당하게 자기 담배를 샀어요.

zofh****	하하~ 언제나 은아가 마지막 막장이네여!!!
wse2****	첨에는 고딩인 줄 알았는데, 성인이네 ㅋㅋ
kha0****	가끔 담배심부름 가는데, 알바님들~ 다 저리 생각하시나여?
als0****	저번엔 은아가 쪽지 내용을 단번에 알아차리더니, 이번엔 개코가 되었네요….
wlsr****	아~ 우리 은아, 너무 당당해 ㅅㅅ;; 그게 매력이지만….
dpwj****	아~ 은아, 귀여워… 근데~ 왜 무섭지?
cntj****	은아야! 괜찮아~ 힘내 ㅋㅋ마지막 좀 쩔게 대박인걸. ㅋㅋ
khoj****	헐~ 은아… 코가 없는데, 어떻게 냄새를 맡지?
rabb****	"시원하고 좋더라구요!" 〈아 ㅋㅋㅋ 피워본 거!〉
zkxm****	아~ 멘솔 그거 시원한 맛 나던데~ 〈너 딱 걸렸거덩? ㅋㅋ〉
myga****	여성분들 쫄지 말고, 그냥 당당하게 담배 사시길….
kgb1****	ㅋㅋ 대박이다~!! 입냄새… 그 여자분에게 가글을 선사합니다~!

reply

네티즌과 함께 만드는 〈와라! 편의점〉

125

제가 담배를 안 피우니
담배심부름 하기 참
어렵네요. 호호호;

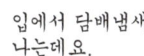
입에서 담배냄새
나는데요.

    골라! 살물건!

쯔쯔쯔,
단순하기는…

127

캔바닥에 번호가
적혀있는 거잖아.

즉, 굳이 사지
않아도 번호를 볼 수
있다는 것이지!

그렇다면…!!

    골라! 살물건!

그렇지! 음료수를 고르는 척하면서 제빨리 번호를 폰카로 찍어두면 되지!!

우왜! 누나 머리 좋다!!

오오! 이게 바로 중딩의 위엄!

뭣하러 힘들게 알바 눈치를 봐가며 번호를 몰래 찍어?

그럼, 어떻게 해?

ㅋㅋ 하나만 알고 둘은 모르는군!

여러 개를 한꺼번에 산 후
집에서 여유 있게 번호를 옮겨
적고 다시 와서 환불하면 되지!

오오오!! 그런
방법이…!!

한 달 용돈이
많은 고딩의
위엄!!

129

좋아~ 환불도
다 해왔고~

이제 번호를
입력해서 게임머니를
받아볼까~!

응?

Windows Internet Explorer
⚠ 이미 사용한 번호입니다.
확인

이걸로 당분간 게임머니 걱정은 없겠군. ㅋㅋ

130

물건을 받아 진열하는 알바의 위엄.

자넨 나에게 모욕감을 줬어….

…….

점장님도 당했나봐요.

015 비하인드 스토리

응?

대~ 한민국!!
짝짝짝 짝짝!!

……

오늘만큼은 자기도 붉은악마래요.

131

대~ 한민국!!

……

그녀들도 있었네요.

에라, 모르겠다!
나도 대~한민국!!

!!

대한민국 화이팅!

오픈 프라이스

이번 달부터 우리 편의점도 오픈 프라이스가 시작된다고요?

…그게 뭐죠?

그동안은 제품에 권장소비자가격이라고 해서 판매가격이 적혀 있었잖아요?

이번 달부터는 그런 가격표시가 사라지고,

각 점포마다 자율적으로 가격을 정해서 파는 걸 오픈 프라이스라고 합니다.

 와라!편의점

아, 그렇군요.
그럼, 그게 좋은
건가요?

오픈 프라이스의
장점은 뭐니뭐니해도
자유로운 가격 경쟁으로
인한 제품 가격의
하락입니다.

133

점포마다 자유롭게
가격을 정할 수 있기
때문에 경쟁점포보다 싸게
책정해서 팔 수가
있거든요.

그럼,
좋은 거네요!

    골라! 살물건!

게다가 아이스크림같이 판매가격과 실제가격의 차이가 많이 나는 경우도 사라지게 되지.

50% 할인해서 500원이면 그냥 첨부터 500원에 팔면 되거든.

가격이 현실화되는군요!

그럼, 단점도 있을까요?

딸랑딸랑

네, 물론 단점도 있죠. 우선 첫 번째로….

어서오세요.

헉… 헉… 이 과자 얼마죠?

1000원입니다.

134

오늘 둘러본 가게 중에서
여기가 제일 싸네….

하나 주세요….

손님 입장에선 가격 확인 및 비교가
불편해질 수 있대요.

135

얼마예요?

얼마까지
알아보고 오셨죠?

    골라! 살물건!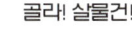

쪼잔하게

딸랑딸랑

후… 덥다. 더워;
여기가 CS24 선예점
맞지?

네, 맞는데요.

어디보자… 얼음이
하나, 둘, 셋, 넷, 다섯, 여섯…
전부 6봉지 맞지?

네? 네;

그럼
여기 인수란에
서명해주고,

네….

얼음값은
6봉지니까 12000원
이야.

여기요.

137

사장님한테
앞으론 쪼잔하게 조금씩
시키지 말고 한꺼번에
시키라고 해.

우린 기름값도
안 나온다고.
그럼, 수고해~

네, 안녕히 가세요.

138

난 얼음을 시킨 적이 없는데….

아….

사기는 이렇게 당하는 거였구나….

139

아침에 채워놓은 면도기가 벌써 다 팔렸네. 팔리면 바로바로 채우도록 해.

오늘 면도기 판 적 없는데요….

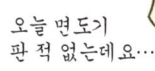

소이, 오늘 큰일 났네요.

     골라! 살물건!

깜빡

난 말야~

편의점에서 일할 땐 운동화대신 슬리퍼를 신거든.

근데, 하루는 퇴근할 때 신발 갈아신는 걸 깜빡하고 슬리퍼를 신은 채로 집까지 간 거 있지.

하하, 충분히 그럴 수 있죠.

난, 그걸 발견한 엄마한테 맞을 때까지 몰랐다니까.

슬리퍼 때문에 맞았다고요?;

전, 며칠 전에 퇴근을 해서 버스를 탔는데,

141

글쎄, 깜빡하고 유니폼을 안 갈아입고 탄 거 있죠; 창피해 죽는 줄 알았어요.

뒷좌석 손님이 삼각김밥 달라고 안 하디? ㅋㅋ

그제서야 전날 편의점에 책가방을 두고 간 걸 알았지 뭐예요. 헤헤….

학교에서도 책가방이 없는 걸 몰랐단 말이야!?

은아의 학교생활, 제대로 인증하다.

143

난, 이 옷이 유니폼이자 사복이자 잠옷이라네.

깜빡할 일은 절대 없겠네요.

5만 원

어서오세요.

끄윽… 취한다.
견디셔 하나 줘봐.

네, 여기요.

145

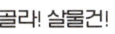

손님, 어제 제게
돈 안 맡기셨거든요?
그리고 전 손님을
오늘 처음 봤어요.

뭐? 없다고?

146

지금 어디서
오리발이야? 돈 5만 원에
양심까지 파는 거냐?
응?

글쎄, 저는
손님을 오늘 처음
봤다니까요;

내가 분명히 줬다고!
네가 받았다니깨!

전 받은
적이 없다고요.
손님;

내가 이 두 눈으로
똑똑히 봤는데?

아,
진짜 아니라고요.
정말 아니에요!

147

…좋아.

보아하니 내 아들
또래 같은데…

하루는 학교 끝나고 편의점에 왔는데 제 책가방이 카운터에 놓여져 있는 거예요.

그제서야 전날 편의점에 책가방을 두고 간 걸 알았지 뭐예요. 헤헤….

학교에서도 책가방이 없는 걸 몰랐단 말야!?

은아의 학교생활, 제대로 인증하다.

149

난, 이 옷이 유니폼이자 사복이자 잠옷이라네

깜빡할 일은 절대 없겠네요.

어쩐지 냄새가….

같은 옷이 여러벌일세!!

    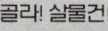

나를 잘 알지도 못하면서
내 겉모습만 보면서 오래된 우유로 보는
너의 시선이 난 너무나 웃겨♪

볼 때는 bad milk♪
살 때는 good milk♪

151

진열된 내 모습을 볼 때는
침 흘리며 보고선 살 때는 다른 우유
사가는 그 위선이 난 너무나 웃겨♪

    골라! 살물건!

153

    골라! 살물건!

155

역시 멀쩡하네♥

…….

겉모습만 보고 불량품으로
오해한 적 꼭 있다.

qaws****	빗줄에 매달려 있는… 우유 귀엽다는…. ㅋㅋ
baby****	나, 학예회 때 '베드걸 굿걸' 춤췄는데 ㅋㅋㅋ
bora****	서울병장우유님은 언제 폐기 되나요? 몇십 일 된 것 같은데요.
usc9****	마지막에 의무병이 넘님~ 귀엽네요~ ㅋㅋ
airc****	전, 서울병장이 의외로 좋음. 그리고 상쾌변 ㅋㅋ 괜찮은 아이디어였음. ^^*
rkdu****	재미 있어요~~~~~ 완전 퍼가도 되지요?
skxo****	작가님~ 딸기우유나 초코우유, 커피우유는 안 나오나요? 나왔으면 좋겠어요!
dofl****	헐, 짱이다~ 근데 누가 우유 쏟았지?
dlrl****	어디선가 225일 숙성한 서울우유냄새가 나지 않아요?
k000****	ㅋ 재미있게 봤어요^^ 투니버스에서도 하던데 ☆★ 넘 재미있어요~! 사랑해요~!
legi****	작가님!! 완전대박! 재미있어요. 앞으로 더 많은 만화 그려주세요!!

reply

 네티즌과 함께 만드는 〈와랙 편의점〉

157

…그러니까 그 우유가 내 우유가 아니었다…. 이거지?

사, 살려 주십시오!!

약은 약사에게, 진료는 의사에게~

    골라! 살물건!

작업 낙서 2

◎ 기프티콘 에피소드 !! ☆☆
└ 모바일 쿠폰. 지갑카드 간식교환 짱짱맨 ⌐⌐

바코드타임
& 김변한타임

[기프티콘을 잘 모르는 알바생 "이거.. 어떻게 하는거죠?"
[기프티콘을 달가워 하지 않는 점주 "왜 하필 우리 점포야.."
   └ 기프티콘은 공짜가 아니므로 점주가 손해보지 X ← 오해없게! ☆★

아저씨들의 노하우 !!
① 생수와 소주를 산다
② 생수병 안의 물을 버린다
③ 생수병에 소주를 붓는다
④ .. 천잰데 !? └ 키프까지 하면 대박!
※ 미성년자와 애기가는 절대 따라하지 말것.

은아의 잔머리
① 손님이 1+1 상품을 계산한다
② 손님이 한개만 가져간다
③ 나머지 한개는 공짜 !!
④ .. 천잰데 !? └ 상상속에서만 말하는 것들

☆ 이름은 들어 보았는가..!!

유락치킨!!

.. 이 중요하더라면 틈나시 '애인전주곡'
으로 고고싱 ~!! by 조유락

이상하게 쿠폰 따요라고 갈때쯤 가게 망함.. ∪∪
내쿠폰 ~!!! ㅠㅠ

단행본에서는 어떻게 하지??

★★
2010 월드컵 !!!
└ 월드컵 당원 에피소드 !!
  └ 감격의 응원 ?

▨ 어디 있어요 ??
⇒ 기둥 뒤에 공간 있음. ○○
⇒ 3D로 보여주기 (애니 GIF 파일)
   └ 스케치업 이용

☆ **파파라치** (= 펼파라치)
[비닐봉투 무상 지급 ← 경찰에 신고하나 당신 당하는 에피소드 ?
[미성년자에게 술·담배 판매 ← 함정수사 ?? 담배소년 ?
[기타 ← 한번 배우고 싶긴 한데 시간이.. ㅠ

☆ **동이 패러디 ~!!**
- 앵호물 해독 에피소드
  └ 프링글스통 이용
  └ 은이는 언제나 정숭!

◎ 오픈 프라이스 관련 에피소드 (오픈 프라이스 제대로 알기) ☆
 - 장점 : 자유로운 가격 경쟁으로 인하여 물가 안정(??)
 - 단점 : 가격 비교하기 힘들어 짐 ♬

PART.3

오라! 카운터!

WARA CONVENIENCE STORE

아, 진짜…!! 기다려봐! 돈 갖다 주면 되잖아!

어서오세요.

딸랑딸랑

아니, 그깟 택시비 얼마나 한다고 내가 그걸 떼먹겠어?

내가 가진 게 몇 푼 없다고 했더니 아주 사람을 대놓고 무시하잖아!!

아, 네;;

가난하면 택시도 타면 안 되는 거냐고!! 다 사정이 있어서 탄 건데 말야. 기가 막혀서 정말…

여기 돈 뽑는 기계 있지? 그거 어딨지?

손님 바로 앞에요.

저기… 미안한데 말야. 내가 돈 뽑는 걸 몰라서… 총각이 나 대신 만 원만 뽑아줄래?

네; 그러죠;;

삑

비밀번호가 어떻게 되죠?

응? 그게 내 생일이니까… 12월 13일…

삑삑

아니다! 12월 14일!! 1214!!

161

어디보자… 1만 원 출금….

    오라! 카운터!

1만원

6만원

9만원

멈칫

혹시…
잔액이 부족해서
출금이 안 되면
어떡하지?

그럼, 설마
나한테 돈 빌려
달라고 하는 거
아냐?

생긴 걸 보니
노숙자 아니면 많이
가난해 보이는데 돈
빌려줬다가 못 받으면
어떡하지?

각서라도
받아두면 그게
법적효력이
있을까?

촤르르르

휴…
인출된다!! 다행히
통장에 돈이 조금은
있었구나!!

돈이 조금은…

출금 금액 :　　　10,000원
수 수 료 :　　　　1,300원
_____
현재 잔액 : 87,965,500원

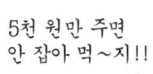

아저씨, 괜한 의심해서 죄송해요.

163

5천 원만 주면
안 잡아 먹~지!!

설마 이 분도
혹시…!?

성인잡지

안녕하세요!
저는 일본 편의점에서
알바 중인 한국유학생
입니다.

두 번째
뵙네요~!

한국 편의점에서
잡지나 간단한 서적들을
판매 중인 건 다들 잘
알고 계시죠?

일본 역시
다양한 서적들을
판매하는데 특이한 점이
있다면,

바로 성인잡지도
자연스럽게 판매를 하고
있다는 점이랍니다.

※ 당연히 미성년자에겐 판매하지 않습니다.

하루는 어떤 남자손님이 들어 오시더니 많이 수줍어 하며 성인 잡지를 사시는 게 아니겠어요?

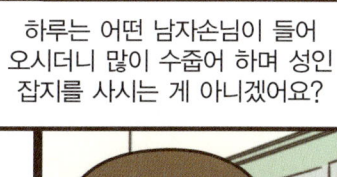

그래서 전 손님이 민망해하지 않게 자연스럽게 계산을 해드렸고,

165

손님은 계산이 끝나기 무섭게 허겁지겁 편의점을 떠났습니다.

ㅋㅋ 내가 여자라서
많이 민망했나보다.
소심하시긴….

그때 전 그냥
대수롭지 않게
생각을 했었는데….

잠시 후 30분 뒤

이거… 주십시오.

또 30분 뒤

이 책 계산 좀….

또 30분 뒤

그냥 당당히 사가!! 어설프게 변장하지 말고!!

이것 좀….

정말 많이 부끄러웠나봐요.

167

이랏샤이마세!!

그거… 구다사이…!

…진짜 일본까지 왔네요.

편의점 알바생이라면 누구나 한 번쯤은 등골이 오싹할 정도로 공포를 느꼈던 적이 있었을 걸세.

오늘은 바로 그 공포에 대해 이야기를 해볼까 하네.

알바가 들으면 정말로 무서운 이야기

FriendMart

은아편

그날도 평소와 다름없는 평범한 저녁이었는데 이상하게 손님이 뚝 끊긴 거예요.

168

게다가 누군가 자꾸 절 지켜보는 듯한 느낌이 들어서 너무 무서웠죠.

전, 너무 무서워서 빨리 다른 생각하려고

169

시재점검을 해 봤는데 −2500원이 나왔어요.

으:; 무섭다; 상당히 현실적인 마이너스야;

맞아; 다시 세어도 똑같을 거 같아;

170

전, 아무도
없는 새벽…
갑자기 배가 너무
아픈 거예요.

알바가
들으면 정말로
무서운 이야기

민준편

그래서 화장실에
가려고 편의점 밖을
쳐다봤는데,

문 밖이 완전
깜깜했어요. 평소라면
문 밖의 거리나 사람들이
보여야 정상인데,

깜깜해서 전혀
밖이 보이지 않는 거
있죠?

    와라!편의점

전, 무서워서 나갈까 말까 고민하다가 급해서 어쩔 수 없이 편의점 문을 열었는데…

171

문을 잠그려고 보니 아무리 찾아도 열쇠가 없는 거예요.

그럼, 화장실은…;

묻지 마세요;

무서워, 너… 저리가;

 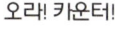

난, 비가 많이 오는 어느 날 오후였어. 비에 흠뻑 젖은 한 남자가 편의점에 들어왔는데,

알바가 들으면 정말로 무서운 이야기

혜연편

온통 검은 옷에 피부는 시체처럼 창백한 게 마치 저승사자 같더라구.

172

그 남자는 조용히 담배만 산 뒤 그대로 편의점을 떠났는데,

며칠 뒤 그 남자가…

교복입고
지나가더라;

헉; 청소년에게
담배 팔다 걸리면 벌금 및
영업정지 2개월인데…

큰일 날 뻔했네요.

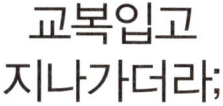

점장이 들어도 무서운 이야기였네요.

173

힘들게 완성한 원고를
덮어 쓰기 잘못해서
몽땅 날아가버렸…

작가가 들으면
정말로 무서운 이야기.

    오라! 카운터!

쌤쌤

딸랑딸랑

응?

야간알바가 졸고 있잖아? 귀여워. ㅋ

조금이라도 더 자라고 이따가 깨워야겠다.

어디보자… 내가 좋아하는 쌀키스가 어디 있지~

여기 있다♡

저기요…!
이것 좀
계산해주세요.

아야; 넵!!

죄송한데
신분증 좀…

네?

뭐지?
이 알바…;

음료수
사는데 웬
신분증??

175

알바 중에 예쁜 여자손님 오면 괜히 신분증 보여 달래서 정보 알아내는 알바도 있다고 하던데…

혹시 내게 관심 있나?

생긴 건 내 스타일이긴 한데… 번호 물어보면 알려줘야 하나?;

호호; 여긴 음료수 살 때도 신분증 검사를 하나 봐요?

아, 죄송해요. 이게
막걸린 줄 알았어요;

생긴 게
비슷해서;;

서로 착각했으니 쌤쌤이네요.

177

딱 내 이상형이었는데…
분명 애인이 있었겠지?

쌤쌤이 아니였네요.

    오라! 카운터!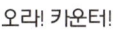

정말 이상해

178

담배 이름이 리치인데,

이름부터도 비싸 보이는데,

2300원이야.

다른 담배는 2500원인데 오히려 더 싸. 정말 이상해.

179

라면 이름이 너구리인데,

왠지 한 마리 몰고 가야 할 것 같은데,

    오라! 카운터!

정작 너구리는
0.1g도 안 들었어.

뜬금없이 다시마
한 조각이 들어있어.
정말 이상해.

근데
진짜로
너구리가
들어가도
이상해….

180

〈와라! 편의점〉
캐릭터는 2등신이라
머리가 엄청 큰데,

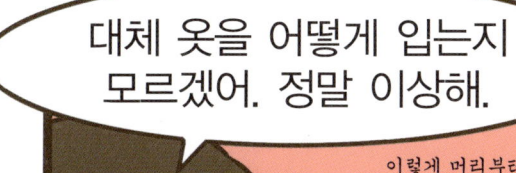

머리를 어떻게 감는지도 궁금하네요.

181

네가 좀 해

183

거참, 알바주제에 말 많네!! 손님이 시키면 해야지!

그냥 네가 좀 해!!

네;;;;;

셀프? 세엘프? 허허…

하여간 요즘 것들은 돈만 받고 일은 하나도 안 하려고 한다니까. 말세야 말세.

알바가 일은 안 하고 놀기만 하면 소는 누가 키워?

184

손님… 여기 컵라면이요.

응, 그래!

임은아표 케이준 통 베이컨
치즈 양념반 후라이드반
불고기 와퍼 컵라면입니다.

아무래도 상대를 잘못 고른 것 같네요.

185

컵라면값 65500원은
아까 주신 카드로
결제했어요.

……

    오라! 카운터!

186

이처럼 할인카드나 적립카드와 관련하여
알바생들에게 달갑지 않은 상황들이 몇 가지 있는데,

187

그 상황들은 다음과 같다.

    오라! 카운터!

영수증
여기 있습니다.

맞다!! 나 여기
적립카드 있어!! 여기에
적립해주세요!

뒤늦게
친구가 꺼낼 때

손님, 그게 여기
할인카드는 맞는데요
할인은 안 돼요.

그게 말이 돼? 여기서
할인되는 카드가 맞으면 할인
해줘야지!! 왜 소주는 할인이
안 된다는 거야?

진짠데…;;

무조건 해달라고
우길 때

189

 오라! 카운터!

190

엉뚱한 카드를 내밀 때

300점 적립되었습니다.

또 30분 뒤

이 책 계산 좀….

또 30분 뒤

이것 좀….

그냥 당당히 사가!! 어설프게 변장하지 말고!!

정말 많이 부끄러웠나봐요.

191

이랏샤이마세!!

그거… 구다사이…!

…진짜 일본까지 왔네요.

에… 그러니까…!
담배…!! 담배주세요!!!

… 난데스까?

…이 녀석도 만만치 않은듯.

   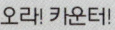

1회용 우산

어? 비가 오네?

아침부터 날씨가 구려서 왠지 비가 올 것 같더라니…

서둘러야겠다.

우선 입구에 우산 보관용 통을 가져다 두고,

손님들의 주요 동선에 빈 박스를 펴서 바닥에 길게 깔아놓은 뒤,

마지막으로 눈에 잘 보이는 곳에 우산 판매대를 옮겨 놓으면… 끝!

193

그나저나 여기가 편의점이라 그런지 우산이 비싸긴 하네.

제일 싼 게 8000원이잖아;

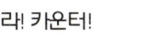

후… 비가 많이 오는구만.

아, 점장님! 마침 잘 오셨어요.

예전부터 궁금했던 건데 저희 편의점은 왜 1회용 우산을 안 팔아요?

다른 편의점은 1회용 우산도 팔던데….

아, 그건…

와라!편의점

195

수습기간

196

소이양, 오늘이 월급날이지?

네, 점장님.

자, 이번 달 월급. 이번 달에도 고생이 많았어.

감사합니다.

자네가 우리 편의점에서 일한 지 얼마나 되었지?

음… 3개월 정도요?

그래, 3개월 맞아. 지금까지는 수습기간 이라서 시급이 3700원 이었지?

네? 네.

이번 달로 수습 기간이 끝났으니, 앞으로는 최저임금제 기준대로 4110원을 줄게.

정말요? 감사합니다!

197

원래 최저임금제는 4110원이 맞지만 처음 3개월 동안은 수습기간 이라고 해서,

최저임금의 90%만 지급해도 되어서 내가 그렇게 준 거거든.

   오라! 카운터!

아, 그렇구나. 저는 최저임금제대로 안 주길래 이번 달까지만 하고 그만두려고 했었는데…

계속 다녀도 되겠네요!

응? 그래;;

아, 그리고 이제 최저임금제 기준대로 정확히 지급을 해주니까.

그동안 줬던 식대비 3000원은 이제 없는 거다, 알았지?

…….

결국 예전과 달라지는 건 없대요.

199

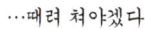

…때려 쳐야겠다.   !!

   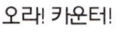

알바의 배려

저기요, 볶음김치는
어디에 있죠?

이쪽 냉장고예요.

감사합니다.

햐~
참 예쁘다. 마치
연예인 같네.

201

   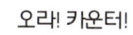

?

후후… 당연히 고맙겠지. 나처럼 손님 컵라면까지 신경 써주는 알바가 어디 흔하겠어?

203

♪

민준의 배려에 미소로 답한 그녀는

   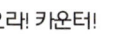

아앗, 그건 왜 가져가는 거지!

쿠키까지 들고 가버렸어요.

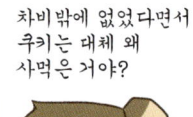

차비밖에 없었다면서 쿠키는 대체 왜 사먹은 거야?

고마워요, 누나… 꼭 갚을게요.

     와라!편의점

그 남자는 조용히
담배만 산 뒤 그대로 편의점을
떠났는데,

며칠 뒤
그 남자가…

교복 입고
지나가더라;

학; 청소년에게
담배 팔다 걸리면 벌금 및
영업정지 2개월인데…

큰 일 날뻔했네요.

점장이 들어도 무서운 이야기였네요.

205

힘들게 완성한 원고를
덮어 쓰기 잘못해서
몽땅 날아가버렸…

작가집들으면
정말로 무서운 이야기.

작가사정으로
이번주 연재는 쉽니다

<외라! 편의점> 애독자가 보면
정말로 무서운 이야기.

여러분~ 안녕하십니끼.

FSL, 프렌드마트 시비스 리그의 진행을 맡은 캐스터 임은아 입니다.

그리고 오늘 제 옆자리에는 해설에 도움을 주실 점장님께서 나와 주셨습니다.

안녕하십…

네! 말씀드리는 순간 경기가 시작되었습니다!!

와라!편의점

207

    오라! 카운터!

한편, 알바선수는 아직 몰라요!!

아무것도 모르고 열심히 물건만 정리 중이네요!!

과연 언제쯤 눈치 챌 것인지!! 시간싸움이에요!

아아, 테이블 다 펴졌어요!!

다른 손님도 도착했고 이제 배째모드 업글이 끝나는 순간 GG 나올지도 모르겠네요!!

209

초반 전진 몰래 테이블로 자원을 많이 쓴 손님선수, 다음 수는 뭡니까.

앗, 이 소리는 설마…!!

앵~

앵~

211

노숙자예요!! 패스트 노숙자!! 손님선수 초반전략 실패로 자원도 없을 텐데, 어느새 노숙자까지 준비했었네요!!

비록 날파리는 4마리밖에 안 차 있는 노숙자지만 지금의 알바선수에겐 그것도 무섭습니다!!

애앵

앵

자, 알바선수!! 경찰도 떠나고 없는데 막을 방법 있나요? 있습니까!!

    오라! 카운터!

아침부터 진상 손님 러쉬는 정말 무섭대요.

〈와라! 편의점〉 캐릭터는 2등신이라 머리가 엄청 큰데,

대체 옷을 어떻게 입는지 모르겠어. 정말 이상해.

이렇게 머리부터 입으면 옷이 찢어질 텐데….

머리를 어떻게 감는지도 궁금하네요.

213

한여름인데 여기 알바들은 전부 긴팔이야. 정말 이상해.

 …… ……

그런데 옷은 아래부터 입으면 되지 않을까?

아….

그런 방법이 있었군요.

    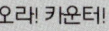

불편해

딸랑딸랑 어서오세요!

FriendMart 태연점

아, 짜증나!
감히 날 바람 맞혀?
불쌍해서 만나줬더니
어이가 없네….

배고픈데
컵라면이나
먹어야지.

여기 컵라면이
어디 있죠?

저쪽
구석이요.

짜증나게 멀리도
있네. 가까운 데
두면 좀 안 되나?

불편하잖아.

215

    오라! 카운터!

216

다 익었다~!
그럼,
먹어볼까나!

응?

이봐요! 젓가락은
또 어디에 있죠?

저쪽에 있어요.

이 편의점은
왜 이렇게
동선이 불편해?

컵라면 하나
먹자고 몇 번을
움직인 건지.
거, 참….

당연히 불편할 수밖에 없죠.

여기는 카운터니까.

......

라면국물 하나라도 흘리면 각오하래요.

현재 다섯 방울째…

뚜둑

217

소화제

아이고, 배야;;

알바야, 여기 까스박명수 어디 있냐?

저쪽 냉장고에 보시면 있어요.

ㅇㅋ…

응? 이건 까스박명수가 아니잖아?

이거 말고 까스박명수 없어? 소화제말야.

     **와라!편의점**

그건 의약품이라 편의점에서 안 팔아요. 약국에서만 팔아요.

약국에서만?

이렇게 늦은 밤에 문을 연 약국이 있을 리가 없잖아! 그럼, 어쩌라고?

대신 그 음료가 있잖아요.

소화제는 약국에서만 판다며? 그럼, 이건 소화제가 아니잖아!

아파죽겠는데 돈이 있어도 약을 살 수가 없다니… 어이가 없네.

······.

221

이보게, 마침 내가 속이 안 좋아서 낮에 한 병 사둔 게 있는데….

오, 정말이요? 그럼, 그거 주쇼!!

오라! 카운터!

한 병에 3천 원.

카드는
안 받음.

점장님은 기회를 놓치지 않았어요.

csy3****	글게… 그냥 건강음료 마시고 말지…. ㅋㅋㅋ
whki****	가스박명수~~~ 내 개그인데…… 표절이다…. ㅋㅋㅋ
ahn9****	점장님 얼굴 대박. ㅎㅎㅎ
2276****	헐 쩌러… ㅋㅋㅋㅋ.ㅋㅋ.ㅋ.ㅋ.ㅋㅋ.ㅋ. 점장님 짱이신듯…??
joon****	점장님에게 진정한 장사꾼 정신이 있는 것을 알고 있는 건… 나뿐인가?
gsh0****	기회를 잡는 착한 점장님…. ㅋㅋ
gets****	어?… 우리 슈퍼에선 팔았었는데… 불법인가?
suns****	ㅋㅋ 역시 점장님이야. 작가님 파이팅!!
kogh****	택시요금제로 올라가는 그 요금… 10초에 1000원씩…
what****	저도 항상 저런 생각을 합니다… 간단한 구급약은 편의점에서 팔면 좋을 텐데….
love****	ㅋㅋ 점장님 눈 초롱초롱;; 가격은 왜 또 올리는데; 동감~~~
kite****	아무리 봐도 정말 다른 만화도 봤지만 이게 젤 잼있네요.^^

reply

네티즌과 함께 만드는 〈와라! 편의점〉

223

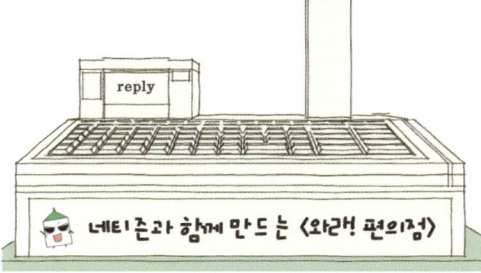

… 4천 원.

가격은 왜 또 올리는데!?

    오라! 카운터!

작업 낙서 3

◉ 좋은 우유 、나쁜 우유   "일병 상태변!"
┌ 미스A 패러디 (정우성만으로 판단)   ☆앙비의 배려
└ 신 캐릭터 상태변 일병 (← 예전에 우유를 훔친)   └ 하지만 ☻ 오해를 사게 되고...☻
   ↳ 추후 떠먹는 상병도 등장예정 (← 건들거리는 캐릭터)

☆ 정말 이상해 (웃찾사) ┌ 서울우유인데 전국에서 판다?
캐릭터가 "2등신인데   ├ 담배 이름이 '리치'인데 안비싸다?
티셔츠는 어떻게 있지?   ├ 라면 너구리는 너구리 안들어 있다?
⇓   │ (↳그런데 들어있어도 이상해)
"ㅇ 정말 이상해   ├ 껌그는 뭐어도 향상이 가워이 엇나?
☆ 머리는 어떻게 감지?3 └ 이름이 '빅파이'인데 엄청 작다?

◎ 할인카드 & 멤버십카드 완전   •훼미리 - OK 캐쉬백
① 아무말 없다가 계산이 끝나니 뒤늦게 내미는 손님   •GS - GS포인트
② 정작 본인은 카드가 없는데 옆의 친구가 내밀 때   •seven - 롯데포인트
③ 할인 안되는 품목 (주류、담배등) 해달라고 우길 때   •Buy - ???
④ 200원짜리 사탕 사면서 카드만 여러개 꺼낼때   ☆ 2010년 최저임금제
⑤ 합정카드를 내밀 때 (흑형 등장? ㅋㅋㅋ)   4110원

☆☆ FSL (프렌드마트 서비스리그) ← 스타중계 패러디   꼭 다챙겨 받자!!
• 손님 친반 러쉬 → 테이블 (벙커) 설치 → 배째모드
→ "일부는 시즈모드、일부는 통통통" → 경찰 소환 (시즈모드) (접수시 방어 성공)
→ 노숙자 (캐리어 등장) → GG 선언!! "답이 없어요! 캐리어 가야해요!"
    ↳ 곰방에서 이미 넘쳤구나☻

◎ 산수유 패러디 ??   개그 박명수 ㅋㅋ
─ "산수유, 참 좋은데,   •짐장님의 장사 수완 어필~
  남자한테 정말 좋은데,   ┌ 늦은밤 약국을 연 곳이 거의 없음
  뭐라고 표현할 수가 없네."   └ 가스방명수 : 건강음료
    ↳ 맞나?☻   ↳ 하지만 효과 있음!

PART.4

내라! 물건값!

WARA CONVENIENCE STORE

싫어하는 이유

마요씨!!

참치 마요씨!!

아, 그만 좀 따라다녀요!!

전 분명 그쪽이 싫다고 했잖아요!!

후후… 저도 쉬운 여자는 매력이 없습니다.

⑲

옛말에 "열번 찍어 바코드 인식 안 되는 제품 없다."는 말이 있듯, 전 포기하지 않을 겁니다!

    내라! 물건값!

난 저 아이와의 교제 반대다!!

만약 내 반대를 무릅쓰고 계속 저 아이를 만난다면 너를 우리 상품리스트에서 지워버릴 줄 알아!!

아버지!! 잠깐만요!! 제 말 좀 들어보세요!!

갑자기 왜 저러시지?

저렇게 화내시는 모습, 생산된 이후로 처음 보네….

⑲

…….

저 친구가 삼각김밥들을 싫어하게 된 것은 다 이유가 있지.

아빠!?

오래전 우리가 아직 신상품이었을 시절…

저 친구는 당시 함께 출시되었던 한 삼각김밥과 연인 사이였지.

오랜 사랑 끝에 그들은 결국 같은 행사상품으로 결실을 맺게 되었고 팔릴 날만을 손꼽아 기다렸었는데…

229

    내라! 물건값!

손님은 삼각김밥 옆에 있던 저 친구가 증정품이었던 것을 모른 채 삼각김밥만 사서 가버린 거야.

그렇게 그들은 헤어지고 말았지. 영원히….

앗, 알바생이 증정품이 있다는 얘기를 해주지 않았었군요!!

그래서 그 뒤로 자네 아버지는,

    와라!편의점

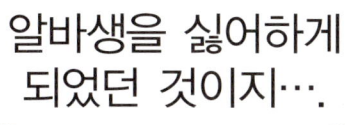

231

대충 눌러

232

감사합니다.

그런데 소이양 쪽은 왜 이렇게 줄이 늦게 줄어들지?

어디보자…

이번 손님은 15살로 보이니까 객층키는 10대로…

삑

아, 40대셨어요?

네, 마흔둘…

삑

30대인 줄 알았어요. 그럼, 취소하고 객층키는 40대로 눌러드릴게요.

233

      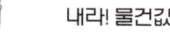

저기, 소이양.
원래 객층키는 손님 나이대에
맞게 누르는 게 정석이긴 한데 오늘
처럼 바쁠 땐 그렇게 하면 시간이
너무 오래 걸리잖아?

그러니까 지금은
대충 눌러서 빨리 빨리
계산을 끝내도록 해.

삑

아, 네…
알았어요.

234

삑
2000원입니다.

소이양도 가만 보면
은근히 고지식한 면이
있단 말야. 후후…

235

이보게, 마침 내가 속이 안 좋아서 낮에 한 병 사둔 게 있는데….

오, 정말이요? 그럼, 그거 주쇼!!

한 병에 3천 원.

카드는 안 받음.

점장님은 기회를 놓치지 않았어요.

237

… 4천 원.

가격은 왜 또 올리는데!?

… 3천 5백 원.

다시 내렸어!?

    내라! 물건값!

품절녀

혜연 언니!
저 왔어요!!

어, 은아야.
안녕~!

언니, 오늘
좋은 일 있어요?

응? 왜?

238

오늘따라
기분이 무척
좋아보여서요.

아, 그게…

239

어떤 사람이에요?
잘 생겼어요?
키는요?

응, 그게….

위이이잉

앗,
그 사람에게서
문자 왔다!

뭐래요?
뭐라고 왔어요?

안녕하세요, 혜연씨.
아침에 연락처 받아
갔던 사람인데요.

꺅!! 혜연씨래!!
어떡해!! 어떡해~!!

와라!편의점

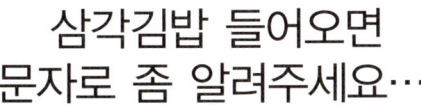

삼각김밥 들어오면
문자로 좀 알려주세요….

…….

품절녀는 물건너 갔네요.

241

흥! 나에겐 오직
서울병장님밖에
없음!!

너님도 물건너갈듯.

    내라! 물건값!

고용의 이유

242

무슨 일입니까, 점장님?

아, 별 거 아니네. 시재가 조금 안 맞아서….

243

네? 또요? 저 친구… 제가 올 때마다 항상 시재가 안 맞던 것 같던데,

저 친구 좀 문제가 있는 게 아닌가요?

     내라! 물건값!

지금까지 일하면서 시재가 맞은 적보다는 안 맞은 적이 더 많긴 했지. 심할 땐 −42만 원?

네? −42만 원이요!?

아니, 그걸 그냥 넘어가셨어요? 이건 정말 심각한 문제라고요.

게다가 저 친구, 고등학생이잖아요.

물론, 편의점에서
고등학생을 고용하는 것은
부모님 동의서만 있으면
불법이 아니긴 하지만,

아무래도
학생이다 보니 근무
시간이 제한적이죠.

245

또 혹시라도 같은 학교 일진들이
압박하면 어쩔 수 없이 술, 담배 등을
팔지도 모르는 위험 부담도 있고 더군다나
가장 중요한 시재까지…

그런 리스크들을
감수하면서까지 저 친구를
고용하시는 이유가 대체 뭡니까?
혹시 아는 분 딸이기라도
한 건가요?

com1****	은아~ 인기 많네요. ^^
ahn9****	은아가 귀여운 건 누구나 인정하는군… 므흣~
won0****	점장님 머리 위에 하트♡ 귀엽닷~♡
js99****	허……… 여자가 예쁘면 뭐든지 용서가 되는구나….
to30****	아 ㅋㅋㅋ 쩐다… ^0^ ♬ 잼있어요옹. ^3^
koko****	울 엄마 ~ 이거 읽고 알바 안 시킨댄다…. ㅋㅋㅋ
0spo****	밝히는 것이 아니라, 그것은 본능이랄까???
qkak****	감정에 따라 머리카락이… ㅋㅋㅋ 근데, 저 슈퍼바이저 남자였음? 헐~
lydi****	허거거거걱~ 은아야 조심해!!! 조심해야 해… 증말루~
lcg2****	하하~ 점장님, 산다라 박 같아요….
qkdl****	헐… 시재가 −42만 원이라니 … 정말 심하네요…….
njj0****	어떡해… 점장님이 귀여워서 미칠 것 같아. ><
kh95****	언제나 봐도 즐건 편의점만화… 〈와라! 편의점〉 짱이에요!!!

247

대타

어려서부터 공부를 잘해 명문대에 과수석으로 입학, 재학 중인 나명문 군.

그는 프렌드마트 점장님이 좋아하는 조카 중 한 명이다.

어느 날, 그는 점장님의 급한 호출을 받고 야간 알바 대타를 뛰게 된다.

갑자기 불러서 미안하구만.

걱정마세요, 삼촌.

와… 이 편의점 정말 오랜만이네.

고딩 땐 삼촌 도와드리러 편의점에 자주 왔었는데, 그게 벌써 2년이나 지났네.

세월 참 빠르다….

249

어차피 야간에는 손님도 없으니 레포트나 쓰면서 시간을 때워야겠다.

다음날 아침

FriendMart

어서오세요.

     내라! 물건값!

저기요, 밖에 누가 쓰레기통을 넘어뜨리고 가서 치우셔야겠는데요.

지금 길바닥이 쓰레기로 아주 난리임. 레알임.

뭐라고?

아, 짜증나.

어떤 놈인지 잡히기만 해봐라.

투덜 투덜

엄마, 저 형 뭐하는 거야?

     **와라! 편의점**

251

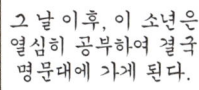

안녕하십니까, 여러분. 저는 프렌드마트 본사에서 파견 나온 심사원 대리입니다.

프렌드마트 근무자들의 CS 관리 및 점검을 담당하고 있습니다.

CS…라면 고객 만족 서비스… 그런 건가요?

네, 맞습니다. 사실 최근 며칠간 저는 손님으로 변장해 여러분들을 관찰했습니다.

그래서 그 결과를 오늘 이 자리에서 여러분들께 알려드리고자 합니다.

253

참고로 오늘 나온 심사점수에서 최하위를 기록한 근무자는 오늘부로 퇴사처리 됩니다.

네!? 꼴찌는 짤린다고요…?

자, 우선 김혜연 씨. 앞으로 나와 보세요.

…저요?

    내라! 물건값!

김혜연 씨는 오전타임 알바로서 평소 카운터나 매장을 자주 청소하는 모습이 무척 인상적이었습니다.

마치 자기 가게인양 열심히 닦고 또 닦더군요.

하하, 뭘요~.

그런데, 종종 손님들을 향해 언성을 높이거나 폭력까지도 일삼는 모습에 많이 놀랐습니다.

이건 전후사정을 떠나 무조건 징계감입니다.

아, 그게…;;

255

    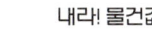

언제나 밝고 환한 미소로
손님들을 대하는 모습은
정말 이상적인 근무자의 모습
그 자체더군요.

감사합니다.
헤헤….

하지만 그와 동시에 저는
은아씨를 보는 내내 많이
불안했습니다.

계산을 너무
자주 틀렸었거든요.

죄송해요…;;

257

258

저는 성격이 소심해서 혜연 누나처럼 진상손님을 잘 대처하지도 못하고,

은아처럼 친절하지도 못하거든요….

그렇게 생각해요?

전 그렇게 생각하지 않아요. 민준씨는 앞서 자신이 말한 것처럼 뭐 하나 특출한 부분은 없지만,

이 편의점에서 거의 모든 일들을 도맡아 하고 있는 든든한 기둥 같은 존재니까요.

게다가 밤을 샌다는 것 자체가 정말 고된 일인데 오랜 기간 동안 꾸준히 근무 중인 그 성실함에 저는 높은 점수를 드리고 싶네요. 제 점수는요~

95점

그럼, 이번 CS 평가에서 최하위 점수를 기록한 탈락자를 발표하겠습니다.

앗, 내가 제일 꼴찌인데 그럼 나 짤리는 건가…!!

259

언니….

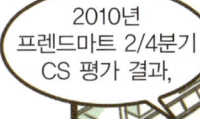

2010년 프렌드마트 2/4분기 CS 평가 결과,

최하위 점수를 받은 탈락자는 바로…

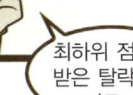

점장님입니다.

응?

65점 ㅋ

점장님은 판매거부 좀 그만하래요.

나 짜를꼬야?

……

← 계약서

또 혹시라도 같은 학교 일진들이 입박하면 어쩔 수 없이 술, 담배 등을 팔지도 모르는 위험 부담도 있고 더군다나 가장 중요한 시재까지…

그런 리스크들을 감수하면서까지 저 친구를 고용하시는 이유가 대체 뭡니까? 혹시 아는 분 딸이기라도 한 건가요?

귀여우니까.

……

예쁜 여자 알바생은 남자 점장님들의 로망이래요.

261

하긴, 은아가 귀엽긴 하죠….

그렇지?

남자는 다 똑같네요.

민준군도 귀엽고….

응?

이 남자, 조금 위험할지도….

    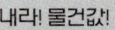

046

아쉬움

262

263

    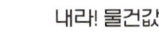

264

이거 하나 마시면서 일해.

네!?

가, 감사합니다;

그럼, 수고해~

265

이럴 줄 알았으면 좀 더 친절하게 대해줄걸…

민준은 이렇게 고마운 손님에게 불친절했던 자신의 태도를 많이 아쉬워 했어요.

     내라! 물건값!

그랬으면
3천 원짜리로
받았을 텐데…!!

괜히
없다고 했네.

아쉬웠던 건 태도가 아니었네요.

    와라! 편의점

uki3****	ㅋㅋㅋㅋㅋㅋ 나도 환불해서 돈으로 바꿔간 적 많았다는~.
tjrd****	민준씨… 너무 잔머리 잘 굴리신당. ㅋㅋㅋㅋㅋㅋㅋ
flvm****	아! 정말 공감만화~ 저도 환불했는데 점장님이 뭐라 하셔서….
djae****	편의점 알바 할까말까? 생각 중인 1人.
opk0****	허걱! 민준의 실수? ㅋㅋㅋ
aa-6****	국세청은 불로소득에 원천징수 해야 하는 거 아닙니깡?
rlaw****	민준형아~ 아쉽지만… 담 기회를~~
tnrd****	대박공감! 친구도… 이거 보고 편의점 알바 시작하기로 했대요.
ckde****	왜 민준이에게 이런 시련이 ㅋㅋㅋㅋ 아쉬워서 어떡해요?
dntl****	점장님한테 걸리면… 바로 잘리는 거 아니에요?
ckdt****	반말하는 손님~ 넘 시로시로~ 아쉬워하지 말아요… 근데… 쫌 아쉽긴….
kwan****	ㅋㅋㅋ 소타봤수커피… 어떤 맛일지… 궁금하당… 으헤헷~
dong****	지강님 작가님~ 넘넘 잼있어용. 매일매일 연재해주삼…. ^^*

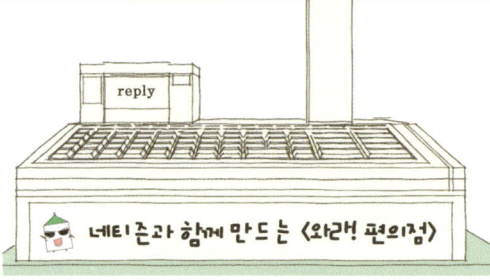

이 커피는 마시지 말고
환불해서 현금으로
가져야지~

삑

이것이 바로
편의점 알바생의 노하우.

    내라! 물건값!

인기의 이유

앗, 권류희다!!

진짜 예쁘다! 장난 아니네!!

쟤 JPG 연습생이래.

그렇구나. 어쩐지~

후후… 예쁜 건 알아가지고… 지금 같이 있을 때 실컷 봐두라구.

난 장차 인기 아이돌이 될 몸이니까! 호호호!!

싸인 좀…

나도…;

     와라!편의점

임은애!?

뭐? 3반의 임은애!?

……

빨리 가자!! 서둘러!!

쌩

!?

269

임은아라면 그… 손발이 오그라들게 귀여운 척하는 꼬맹이?

설마 걔가 나보다 인기가 많다는 거야?

271

   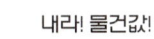

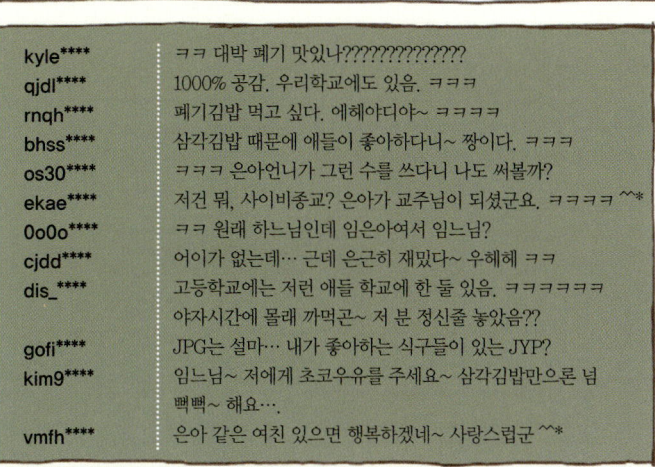

kyle****	ㅋㅋ 대박 폐기 맛있나??????????????
qjdl****	1000% 공감. 우리학교에도 있음. ㅋㅋㅋ
rnqh****	폐기김밥 먹고 싶다. 에헤야디야~ ㅋㅋㅋㅋ
bhss****	삼각김밥 때문에 애들이 좋아하다니~ 짱이다. ㅋㅋㅋ
os30****	ㅋㅋㅋ 은아언니가 그런 수를 쓰다니 나도 써볼까?
ekae****	저건 뭐, 사이비종교? 은아가 교주님이 되셨군요. ㅋㅋㅋㅋㅋ ^^*
0o0o****	ㅋㅋ 원래 하느님인데 임은아여서 임느님?
cjdd****	어이가 없는데… 근데 은근히 재밌다~ 우헤헤 ㅋㅋ
dis_****	고등학교에는 저런 애들 학교에 한 둘 있음. ㅋㅋㅋㅋㅋㅋㅋ
	야자시간에 몰래 까먹곤~ 저 분 정신줄 놓았음??
gofi****	JPG는 설마… 내가 좋아하는 식구들이 있는 JYP?
kim9****	임느님~ 저에게 초코우유를 주세요~ 삼각김밥만으론 넘
	뻑뻑~ 해요….
vmfh****	은아 같은 여친 있으면 행복하겠네~ 사랑스럽군 ^^*

273

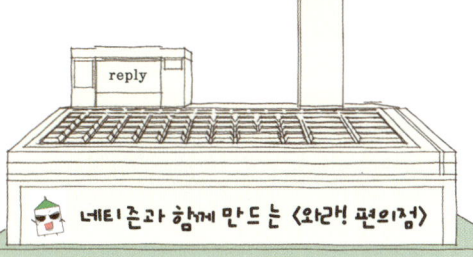

네티즌과 함께 만드는 〈와라! 편의점〉

임느님! 임느님!

먹어보니 맛있음.

    내라! 물건값!

가격흥정의 달인

하하하!! 미개봉급 중고를 5만 원에 득템!!

우와, 대박!!

시세보다 무려 3만 원이나 싸게 샀네?

네가 중고거래를 많이 해봐서 흥정을 엄청 잘 하는구나!

뭐, 가격흥정은 누워서 떡 먹기지.

너, 그럼 혹시 편의점에서도 깎을 수 있어?

무, 물론이지!

사실, 나 편의점에서 사고 싶은 게 있는데 돈이 부족해서 말이야.

네가 같이 가서 가격흥정 좀 해주면 안 될까?

275

오케이! 대신 성공하면 삼각김밥 쏘는 거임.

고마워! 역시 너밖에 없어!

    내라! 물건값!

어서오세요!

여기 한정판
뉴비왕카드 세트있죠?
얼마예요?

응, 마침 이거
딱 하나 남아있어.
가격은 만 원이야.

걱정마

야…

만 원이요?
8천 원이면 내가 삼.

으응?;;

미안. 편의점은 정가제라 가격을 할인해 줄 수가 없어.

흠, 그럼…

277

제가 가난한 학생이라 돈이 없어서 그런데…

천 원만 깎아주시면 안 될까요??

내라! 물건값!

아니면 2개월로
나눠서 낼게요….
어떻게 좀 안 될까요?

정말 갖고
싶은데 용돈이
부족했나
보구나….

그럼, 누나가 천 원은
대신 내줄 테니까
9천 원에 가져가렴.

감사합니다!!

저기,
그리고요….

응?

직거래하러 우리가 왔으니
차비도 좀 빼주시면 안 될까요?

안전거래 되냐고도 물어볼 기세네요.

279

수순히 카드를 넘기면
유혈사태는 일어나지
않을 것입니다.

......;;

    내라! 물건값!

예민한 점장님

민준군!
바닥 청소상태가
왜 이 모양인가!

새벽에 청소를
하긴 한 건가?

죄송해요.
하긴 했는데….

어서
다시 하게!

예전에는 안 그랬는데
요즘 점장님이 많이
예민해지신 것 같아.

FriendMart

맞아요. 어제는 시재가 −5만 원밖에 안 났는데 계산 좀 똑바로 하라고 제게 막 화를 내셨어요.

정말? 지금까지 그러신 적이 한 번도 없었는데….

나만 그렇게 느끼는 게 아니었구나. 저는 어제 교통카드 요금을 3천 원만 충전해 달랬더니,

그러면 적자라고 안 해 주시더라구요. 전엔 해 주셨는데….

281

정말?

무슨 안 좋은 일이라도 있으신 건가… 뭔가 이상해. 점장님 답지가 않아.

    내라! 물건값!

며칠 후…

아얏!?

콰직

점장님,
죄송해요!! 이건 제가
변상할게요;

일을 하다 보면
실수를 할 수도 있지.
괜찮네.

치울 때 손
안 다치게 조심해서
잘 치우게나.

네; 죄송해요;

난, 슬슬 퇴근 준비나 해 볼까…

갑자기 점장님이 예전처럼 부드러워지셨네. 무슨 일이지?

응?

……

미소녀시대 컴백

신곡 '별'으로 온라인차트 석권

드디어 모든 의문이 풀렸네요.

283

너는 짧았어 ♪
너는 숏숏숏 ♪
나는 풉풉풉 ♪

작업 낙서 4

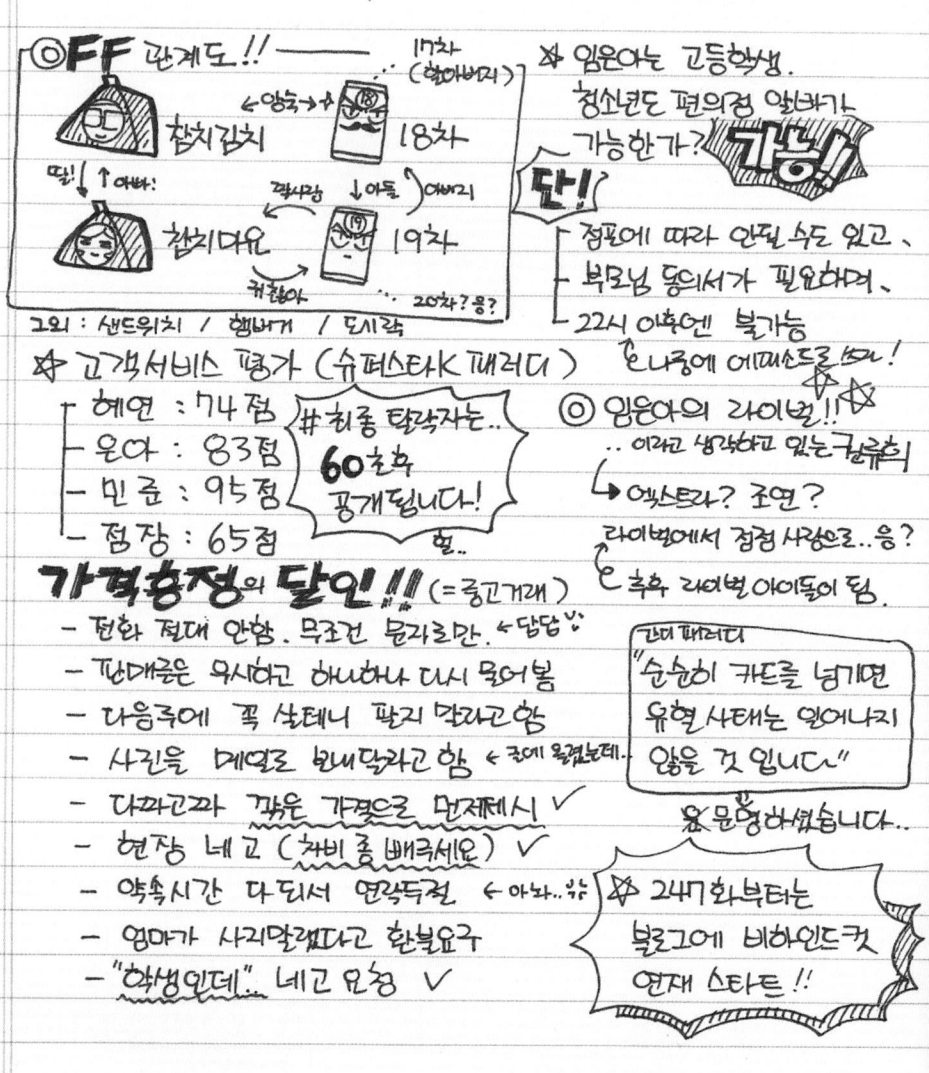

◎FF 관계도!! ─────── 17차
(할아버지)

참치김치 ←양숙→ 🌹 18차

딸! ↑아빠! ↙검사장 ↓아들)여리
참치마요 ← → 📱 19차
귀여워 ～20차?용?

그외 : 샌드위치 / 햄버거 / 도시락

☆ 고객서비스 평가 (슈퍼스타K 패러디)
┌ 혜연 : 74점   #최종 탈락자는..
├ 은아 : 83점   60초후
├ 민준 : 95점   공개됩니다!
└ 점장 : 65점   흫..

가격흥정의 달인!! (=중고거래)
- 전화 절대 안함. 무조건 문자로만. ←담담한
- 판매글은 무시하고 하나하나 다시 물어봄
- 다음주에 꼭 살테니 팔지 말라고함
- 사진을 메일로 보내달라고 함 ← 3에 올렸는데..
- 다까고짜 깎은 가격으로 먼저제시 ✓
- 현장 네고 (차비좀 빼주세요) ✓
- 약속시간 다 되서 연락두절 ←아놔..😤
- 엄마가 사러말랬다고 환불요구
- "학생인데".. 네고 요청 ✓

☆ 임은아는 고등학생.
청소년도 편의점 알바가
가능한가? **가능!**

단!
┌ 점포에 따라 안될 수도 있고,
├ 부모님 동의서가 필요하며.
└ 22시 이후엔 불가능
(나중에 애때스토로봐!)

◎ 임은아의 라이벌!! ☆
.. 이라고 생각하고 있는 굴유희
↳ 엑스트라? 조연?
라이벌에서 점점 사랑으로..응?
흑흑 라이벌 아이돌이 됨.

[굴 패러디]
"순순히 카드를 넘기면
유혈 사태는 일어나지
않을 것 입니다"

☞문항하셨습니다..

☆ 247화부터는
블로그에 비하인드컷
연재 스타트 !!

※ 지금까지 작업낙서를 공감해주신 여러분께 진심으로 감사드립니다.

WARA CONVENIENCE STORE
WEBTOON COMIC BOOK VER. 5
미공개 에피소드

소꿉놀이

아앗,
파 한 단에 1000원!?
엄청 싸다!!

저쪽에서는
삼치가 40% 세일!?
서두르자!!

여보, 양말
벗을 때에는
뒤집어서 벗지
말랬잖아요!!

그리고
설거지통에 기름 묻은
그릇 좀 넣지
말아요!

저기,
혜연아…

넌 아빠역인데 왜….

우리 아빠는 항상 이러는데?

엄마, 혜연이네 집 좀 이상해요.

287

아빠, 친구가 우리 집 이상하대.

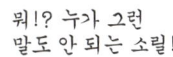

뭐!? 누가 그런 말도 안 되는 소릴!

   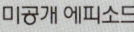

몇 개

289

    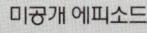

그런 거 아냐

291

   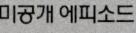

팬입니다

KBX HD

비록 나이는 많지만 X.E.X 열혈 팬입니다.

김삼촌 (32세)

저 나이에도 아이돌을 좋아한다니 시대가 많이 변했긴 변했네.

그러게, 그리고 저렇게 당당하게 말할 수 있는 용기도 참 멋진걸.

에휴… 한심하다. 한심해….

와라!편의점

나이를 먹었으면
나이에 맞게 행동해야지.
여자 아이돌 팬? 에휴….

이건 무슨
변태도 아니고~

이래서 사람 일은 모르는 거래요.

293

나중에 내 자식이 연예인
따라다니면 다리 몽둥이를
확 부러뜨릴 거야.

……;;

   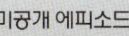

1년 역사와 전통의 신문

와라일보

2010년 특집호

왜 진짜에
몰랐을까!

긴급소식! 대한민국에 또 다른 와라 등장에 발칵!

STREET CHARACTER CASUAL by warastore

내가 누군지
궁금하니?

"나를 빼다니
흠…흠…"

와라편의점 주인공들이 브릭화되다

"브릭에서 나는 왜 빠졌나?"점장님 분노 극대

어제 밤 갑자기 또 다른 와라가 나타나게 되어 화제가 되고 있었다. 갑자기 나타난 이 사건은 네이버에 인기리에 연재중인 웹툰 와라편의점의 점의 주인공들이 또 다른 와라로 만들어졌다는 제보가 있어 본지의 기자가 급히 파견되어 독점 취재할 것이니, 이야기를 바로 이렇습니다. 어제 강남에 사는

연희 길을 걷다 와라편의점의 민준이와 아주 비슷하면서도 야리꾸리 하면서도 악동스럽고 멋스러운 것을 마주치게 되었고, 이것이무엇이 나고 본지 그들은 와라라고 말했다고 합니다. 하지만 소리를 듣고 김모씨(30)은 그 와라가 그 와라편의점인가! 라고 소리쳤고 그들은 맞지만 또한 다르다라는 알 수 없는

회사사장과 인터뷰를 하여 보았고, 결국 회사사장은 그것은 바로 와라더 스트리트라고 실토하였습니다. 와라 더 스트리트가 무엇이 자기 회사이며 그 사장은 강력한 거부의사와 본인 체면비용을 헤아려겠다고 합니다. 하지만 본 기자가 와라 회사사장님각실밥을 사진찍고자 했으나 그 사장은 결

말을 하면서 그 자리를 급하게 떠났다고 합니다. 본지는 김씨에게서 독점입수된 사진을 직접 공개하려 이 사태의 비밀을 밝히고 노력하였습니다. 그러던중 강남 교보타워에 그라프디자인이라는 사무실에서 그들이 다시 목격되었다는 소식을 듣게 된 본지의 기자가 비밀리에 그 사무실을 방문하게 되었고, 국 실토를 하였습니다. 와라 더 스트리트는 와라편의점의 주인공들이 더욱 새로운 세상으로 나갈 수 있도록 하기 위해 브릭화를 시도했다고 하였습니다. 브릭화를 통해 놀랍게도 와라주인공들 1,000명 10,000명 끝없이 만들어 낼 수도 있다는 말도 안되는 소리를 들었습니다. 믿기 어려운 현실입니다.

그들이 이야기를 염탐하여 기사를 완성할 수 있었다고 합니다. 그들은 와라편의점 주인공들을 모두 브릭으로 만들어버리겠다는 무서운 모종의 계획을 세웠다고 말하여, 점장만을 빼버리겠다고 하여 충격과 논란을 주고 있다니. 하지만 이상하게도 그들이 만들고 있는 와라는 참으로 이쁘고 깜찍하

하지만 그 사장은 기자의 눈앞에서 시현을 보여주었고, 1명의 와라가 몇가지 시스템을 통해 수십명으로 늘어나는 모습을 보고 경악을 금치 못하였으며, 그 와라가 다양한 루트에 사용되는 모습을 보고 더 놀라워하였습니다. 추가기사는 다음글에서 소개하겠습니다.

wangwang@waranews.co.kk

북한의 연평도사태가 가라앉히기도 전인 지난 11월 말 본지는 한통의 전화를 받게 되었습니다. 지금 서울 어딘가에서 와라편의점과 또 다른 와라가 만들어지고 있다, 무차별적으로 세상에 뿌려질것이라는 소문이었습니다. 전화를 받은 본지는 황당한 진위여부를 판단하기 위해 바로 특별취재팀을 구성하여 사건의 진실을 파악하기 위하여, 발빠르게 돌아다녔다. 특별취재팀은 5명의 기자로 구성되었는데, 한명의 기자는 또 다른 와라의 실체를 찾기위해 유명한 형상형상 아줌마에게 달려갔으며, 또 다른 기자 아이쿠가 참

강남 와라 스트리트 본사근처에 취재를 하기 위해 24시간 철야를 하였고, 그러던 중 실마리가 될만한 이미지를 하나 발견하여 본사로 급히 보고하였습니다. 그 이미지를 본지는 제보를 마스크로 간단한 모양의 캐릭터로 무엇인가 했습니다. 지세히 보니, 이놈들은 와라편의점에서 보이던 그 놈에 가깝다는 것을 알게 되었습니다. 과연 이 사태는 어떻게 전개될지 고향가자조차로 예측하기 어렵습니다. 박태기기자

snow@waranews.co.kk

www.warastore.com

"이것은 무엇에 쓰는 물건인가?"

와라 더 스트리트의 본지는 한 웹사이트이라고 합니다. 그 웹사이트가 바로 www.warastore.com이라고 합니다. 그 웹사이트를 방문한 네티즌은 이와같이 말했다고 합니다. 뭔가 새로운 것을 나를 변경시다. 이벤트도 많이 하고 있었고, 와라인듯 아닌듯 뭔지모를 패션브랜드 캐릭터들이 수두룩하여서 와라편의점 캐릭터를 빼내오기가 힘들 었었고, 자연스럽게 구매를 하게 되었다고 합니다.

본지는 이 웹사이트와 외계인간의 모종의 관계가 있을것이라는 추측을 통해 1940년 미국 로스웰사건으로 외계에게 끌려가 묘효적인 실험 - 엄밀이로 이픈쓰기 - 를 당했던 미국인 윌리엄앙드류루이14세쭈누어씨(77)를 만나 이 사건과 로스웰과의 연결고리에 대해서 물어보기 시작했습니다. 그러자 윌리엄앙드류루이14세쭈누어씨는 형상형상을 갑자기 외치며 급하게 짐보따리 싸가버렸다는 말도안되는…

UV와라편의점 CD를 공짜로 준다는 충격발언

"선착순 77명에게 UV와라편의점 CD를 공짜로 줄것이야" 운영자日

와라 더 스트리트 운영자는 본지기자와 단독인터뷰를 통해 또 하나의 충격발언을 쏟아내었다. 그중 가장 놀랄만한 이슈는 와라스토어닷컴에서 물건을 구매한 선착순 77명에게 유세원의 UV그룹과 와라편의점이 함께 만든 음악CD를 공짜로 준다는 소식이었다. 구하기 어려운 음반으로 알려져있는 UV와라편의

점 CD를 한정으로 아니고 무려 77장이나 선착순으로 준다고 하니 놀라울 따름이다. 참고로 이야기하자면 와라편의점을 성질인터바이러스 유행에 힘입은 실신후의 주인공들의 엽기적인 화보비디오로 출연해 수많은 여성팬들에게 최고의 인기뮤비로 손꼽히고 있다.

"생일선물로
하나받고싶네"

김공자기자
free@waranews.co.kk

WARA! THE STREET
SOCIAL NETWORK

2010년 12월
또 하나의 와라 등장!

라 더 스트리트

www.warastore.com